みちのく妖怪《ようかい》ツアー

ワークショップ編

目次

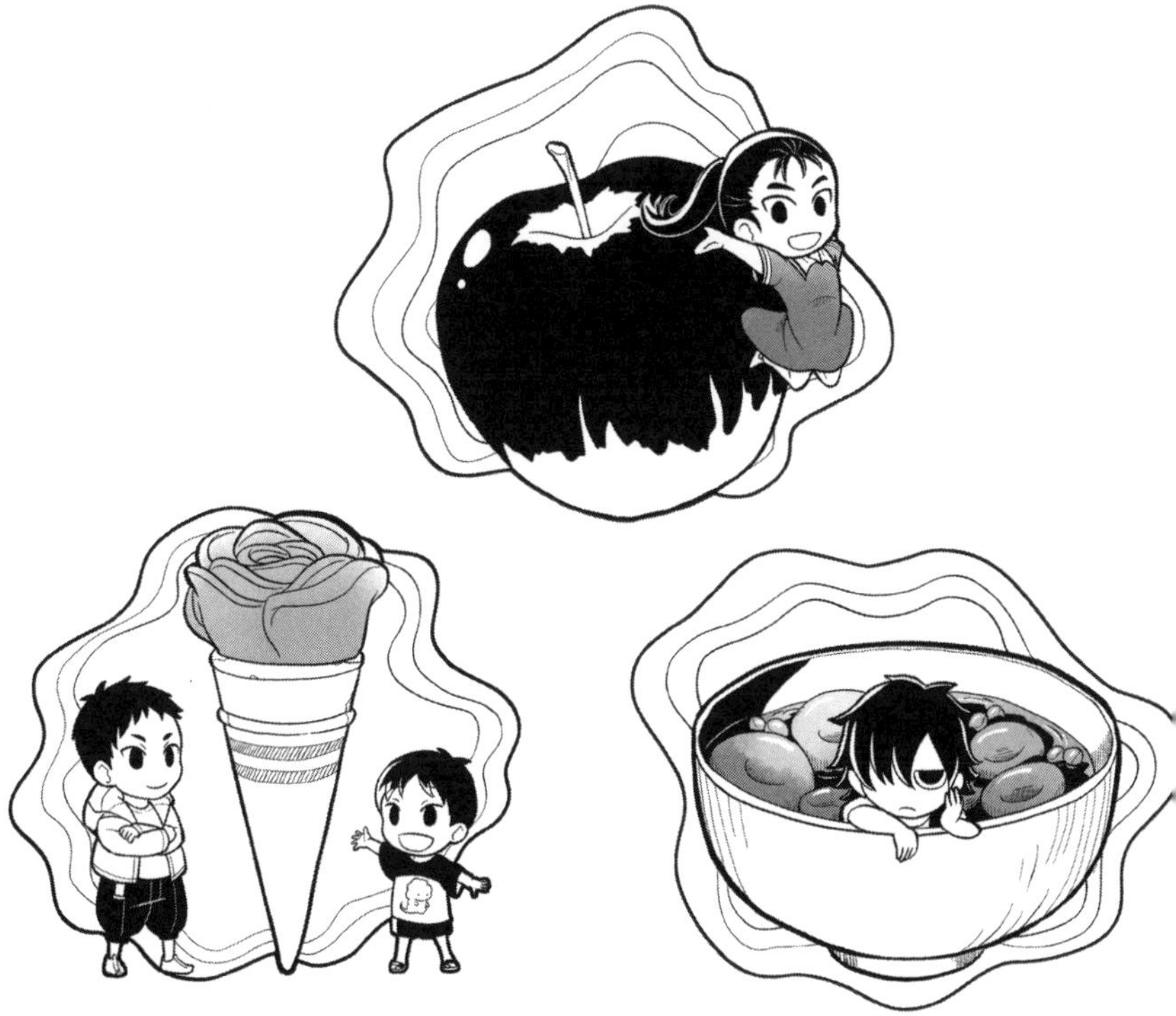

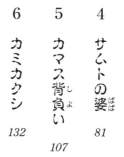

1　天狗《てんぐ》

白石芙美《しろいしふみ》（小学六年生）

宮城蔵王《ざおう》リゾートパラダイスホテルを出発して、山道を走ること三〇分。わたしと弟の光輝《みつき》を乗せた黒いワゴン車は、山あいの集落のはずれにある、古びた建物の前でとまった。

入り口には、「天狗の湯」という木の看板《かんばん》が掲《かか》げられている。

「到着《とうちゃく》しました」

助手席に乗っていた四角美佳《しかくみか》さんが、後部座席《ざせき》に座《すわ》っているわたしと光輝をふり返る。

四角さんは、わたしたちが参加する「子どものための〝地元体験〟ワークショップ」を運営《うんえい》している、みちのくエージェンシーのスタッフだ。長い髪《かみ》をきりりとひとつにまとめて、夏だというのに、黒いパンツスーツに身を包んでいる。

「ここが『湯守り体験』の会場です。『天狗の湯』は共同浴場で、主に集落の方々に利用されています。講師《こうし》の猿田《さるた》さんの家は、代々この共同浴場の湯守りをなさっています」

そこまでいうと、四角《しかく》さんはチラッと腕時計《うでどけい》を見た。

「猿田さんは天狗《てんぐ》の湯の裏《うら》で待っているとおっしゃっていました。体験終了《しゅうりょう》予定は午後五時です。時間になったら、またお迎《むか》えにきます」

小さく頭を下げると、そのままスッと前を向いた。

講師のところに、連れて行ってくれたりはしないらしい。

「ほら、光輝《みつき》、おりるよ。自分のリュック、持って」

まだ眠《ねむ》たげな光輝をゆさぶって、わたしは「一年二組　白石光輝《しろいし》」というネームプレートがついた黄色いリュックを差し出した。

「やだ。お姉ちゃんが持ってよ」

朝の光輝は、たいてい機嫌《きげん》が悪い。いやだといったら、テコでも動かない。

「わかったから、ほら、早くおりて！」

ドアを開けてのろのろと動きだした光輝の背中《せなか》を、「早く」「早く」と押《お》してやる。

ぐずぐずしてたら、四角さんと運転手さんに悪いもの。

「あの……ありがとうございました」

運転席に声をかけると、運転手さんはちょっとだけふり返って、小さく頭を下げた。四角《しかく》さんとおそろいの黒いスーツに、マフィアみたいな帽子《ぼうし》を目深《まぶか》にかぶった運転手さんは、濃《こ》い色のサングラスをして、この暑いのに大きなマスクまでしている。

子ども限定《げんてい》の企画《きかく》なのに、こんな気味悪い人が運転手って、ありえなくない？

車を降《お》りて、ドアを閉《し》めたら、「ねえ、お姉ちゃん」と、光輝《みつき》が話しかけてきた。

「あの運転手さん、なんかぶきみだよね？」

「しっ！」と、わたしはあわてて光輝の口をふさぐ。

「不気味な人に、不気味とかいっちゃだめ！　ママにいつもいわれてるでしょう？」

小声でいったのに、光輝ったら、

「えー、なんでー？　正直なのはいいことでしょう？」

声をはり上げて口をとがらせている。

舌打《したう》ちしそうになった瞬間、いつものママのセリフを思い出した。

「光輝はまだ小さいんだから、芙美《ふみ》がフォローしてあげて。お姉ちゃんなんだから、ね？」

ママは光輝《みつき》に甘《あま》い。パパもだ。

色白で、大きな目、薄茶色《うすちゃいろ》の髪《かみ》をした光輝は、同じクラスの女の子たちから「王子」なんてよばれている。ママはそれがうれしくてたまらないらしく、田舎《いなか》のおばあちゃんやおばさんたちにまで自慢《じまん》しまくっている。パパも、スマホの待ち受けは光輝の写真だ。

わたしは五歳《さい》まで一人っ子で、白石《しろいし》家の「姫《ひめ》」だった。みんなに可愛《かわい》がられていたところに、光輝が生まれた。愛らしくて、おまけに初めての男の子ってことで、光輝は一瞬《いっしゅん》で白石家の「王子」になった。そしてわたしは「姫」から「お姉ちゃん」に転落した。

なんでも光輝が優先《ゆうせん》で、わたしは「お姉ちゃんなんだから」のひと言でがまん。いじわる姉さんになりかけたけど、そんなベタな展開《てんかい》は元「姫」のプライドが許《ゆる》さなかった。

わたしは逆《ぎゃく》に、〝最高のお姉ちゃん〟を目指すことにした。パパやママに「芙美《ふみ》がいてくれてよかった」と思われるような、親孝行《おやこうこう》で弟思いな、めちゃくちゃいい子に。

「さあ行こう、光輝。きっとママたち、今頃《いまごろ》は二人きりでのんびりしてるよ」

二泊《はく》三日の夏休みの家族旅行。一日目は、蔵王《ざおう》のてっぺんにある「御釜《おかま》」とよばれる火口湖を見たり、蔵王のすそ野にある七日原《なのかはら》高原で羊《ひつじ》と遊んだり、チーズやバターを作ったりした。光輝《みつき》はテンションマックスで、パパとママをひっぱりまわした。

夕方、光輝以外ヘトヘトになってホテルに戻《もど》ったところで、ロビーのラックに入ってい るチラシを見つけた。タイトルは「子どものための〝地元体験〟ワークショップ」。

その瞬間《しゅんかん》、ひらめいた。

明日は一日、わたしが光輝を引き受けることにしたらどうだろう？

二人でワークショップに参加して、パパとママにゆっくりしてもらうっていうのは？

思った通り、パパとママは大喜《おおよろこ》び。すぐに電話で申《もう》しこんでくれた。

「湯守り体験、がんばろうね、光輝」

「うん。がんばる！」

ようやく自分のリュックを背負《せお》った光輝は、得意《とくい》のガッツポーズをした。

チラシには、「こけしの絵付け体験」とか「笹《ささ》かまぼこづくり体験」とか、楽しそうなワークショップがいろいろ載《の》っていたけれど、わがままな光輝を連れて参加するなら、できるだけ人が集まりそうにないものがいいと思った。で、「湯守り体験」を選んだ。

結果は大正解《だいせいかい》！　参加者はわたしと光輝だけだった。正直なところ、湯守りが何かなんて知らないし、興味《きょうみ》もない。今日一日、時間をつぶすことができさえすればそれでいい。

「さ、行こう！」

歩きだそうとしたら、助手席の窓《まど》がスーッと開いて、四角《しかく》さんが顔を出した。

「芙美《ふみ》さん、湯守り体験、楽しんでくださいね」

四角さんが……ほほえんでる！

意外だった。きれいだけど、むだにほほえんだりしない人だと思っていたから。

「え……あ、はい」

「夕方、また会いましょうね」

何がおかしいのか、クククと笑うと、四角さんは窓を閉《し》めた。黒いフィルムが貼《は》られた窓が完全にしまりきる直前、その切れ長の目がチカリと光ったような気がした。

「猿田彦三郎《さるたひこさぶろう》でがす」

四角さんがいった通り、猿田さんは天狗《てんぐ》の湯の裏《うら》にいた。

赤い顔をした、背《せ》の高いおじいさんだった。黒いズボンに長ぐつをはき、ランニングシヤツの上に紺地《こんじ》に白で「天狗《てんぐ》の湯」と染《そ》めぬかれた半纏《はんてん》を着ている。

「白石芙美《しろいしふみ》、小学六年生です。東京から来ました。こっちは弟の光輝《みつき》、一年生です」

肩《かた》にふれると、光輝は神妙《しんみょう》な顔で頭を下げた。内弁慶《うちべんけい》で外面がいいタイプなのだ。

「弟はまだ小さいのでご迷惑《めいわく》をかけるかもしれませんが、よろしくお願いします。湯守りのお仕事、一度体験してみたいとずっと前から思っていたので、楽しみです！」

——うん、完璧《かんぺき》！

わたしは初めて会った大人によく、「しっかりしてるね」とか、「ちゃんと敬語《けいご》も使えて、えらいね」とほめられる。でも本当にほめてほしいのは、そこじゃない。相手に「おっ？」と思わせるひとことだ。

「ほう、芙美ちゃんは湯守りに興味《きょうみ》があるってがぁ」

猿田《さるた》さんは、笑顔《えがお》になった。だまっていると怖《こわ》いけど、笑うとやさしい顔になる。

「そいづはうれしいことだなやぁ」

——ほらね。

わたしは小さい頃《ころ》から、相手が喜《よろこ》ぶツボみたいなものがわかる。

たぶん、勘《かん》がいいんだと思う。

「お客さんに気持ちよく温泉《おんせん》を利用してもらうのが、湯守りの主な仕事です。そのために、源泉《げんせん》から湯船に届《とど》くお湯の量や温度を調整します。浴室をいつも清潔《せいけつ》に保《たも》つのも大事な仕事なんでがす。んではまず、いっしょに源泉を見にいってもらうべが」

源泉というのは、温泉がわき出しているところで、天狗《てんぐ》の湯の裏山《うらやま》にあるのだという。

「えー、山にのぼるのぉ？　つかれそうだし、いやだなぁ」

光輝《みつき》は私の耳元に口を寄《よ》せると、さっそくブーブーいい出した。

猿田《さるた》さんは、そんな反応《はんのう》には慣《な》れているらしく、笑顔で光輝に話しかける。

「光輝くん、天狗の湯の源泉の近くには、おもしろい場所があるんだぞ」

「え、おもしろい場所って？　どんな？」

「不思議ないい伝えのあるところなんだ。不思議で、ちょっとおっかない……がな？」

「へえ、おもしろそう！」

「んでまず、行ってみるべ。行きながら、天狗の湯の名前の由来も教えでけっからよ」

「うん！　お姉ちゃん、行こう！」

猿田《さるた》さんって、すごい。光輝《みつき》の気持ちを、あっという間にひきつけてしまった。あっけにとられて見ているわたしに、ニッと笑いかけると、猿田さんは歩き出した。

天狗《てんぐ》の湯の裏《うら》はすぐ山になっており、山の入り口に「源泉《げんせん》まで五〇〇m」と書かれた立て札が立っている。立て札の横の細い道をずんずん登ってゆく猿田さんの背中《せなか》を、やる気満々の光輝が追いかけていく。――わたしも、あわてて追いかけた。

「源泉への道の管理も湯守りの仕事なんでがす」

山道を登りながら、猿田さんは教えてくれた。

道は、木々が生《お》い茂《しげ》る山肌《やまはだ》に、ちょうど人一人が通れるぐらいの幅《はば》できれいに整備《せいび》されている。猿田さんは鎌《かま》を手に、道にかかる細い枝《えだ》を刈《か》りはらいながら歩いている。

「おらだぢが今、登っているこの山、ここは天狗山といいます。これが『天狗の湯』の名前の由来です。源泉の近くには、『天狗のすもう場』という場所があります」

「ねぇ猿田さん、『すもう場』って、おすもうのこと？」

「おう、光輝くんはよく知ってんな。んだんだ、おすもうのことだ。ところで二人は、天狗って知ってんだが？」

光輝《みつき》が首をかしげると、猿田《さるた》さんが「芙美《ふみ》ちゃんは？」とわたしを見た。

「ええと、赤い顔をして、鼻が高くて、背中《せなか》に羽があって……」

わたしは、絵本にのっていたかわいらしい天狗《てんぐ》を思いうかべた。

「うん、まあ、そうだな。いろんな天狗がいるんだが、よく知られているのは、高い鼻、赤い顔、羽があって、山伏《やまぶし》の装束《しょうぞく》に身を包んでいる『鼻高天狗《はなたかてんぐ》』かな。そういう天狗は、歯が一枚《いちまい》しかない高下駄《たかげた》をはき、羽団扇《はうちわ》を持って、神通力《じんつうりき》で空を飛ぶといわれている」

「じんつうりきって？」

いつもならもうぐずりそうなところなのに、光輝は興味津々《きょうみしんしん》で耳を傾《かたむ》けている。

「不思議な力のことだ。今から八百年ほど前に書かれた書物には『人にて人ならず、鳥にて鳥ならず、犬にて犬ならず、足手は人、頭は犬、左右に羽根はえ、飛び歩くもの』と書かれている。……そして、山に棲《す》んでいる」

「なんか、こわい」

光輝がつぶやくと、猿田さんはひとつうなずき、意味ありげに辺りを見回した。

「夜更《よふ》けに、山から斧《おの》やのこぎりで木を切りたおす音が聞こえてきたり、山を歩いているとどこからともなく小石がたくさん飛んできたり、だれもいないのに笑い声が聞こえてきたり、夜中に火の玉が飛んだり、家や山小屋をゆさぶられたり。山で起こる不思議なことは、たいてい天狗《てんぐ》のしわざといわれてきた。中でも恐《おそ》れられていたのが……」

そこで、猿田《さるた》さんは言葉を切った。光輝《みつき》が、ごくりと唾《つば》をのむ。

「『天狗隠《かく》し』といわれるものだ」

「てんぐかくし……って？」

声が震《ふる》えている。

「ある日突然《とつぜん》、人が姿《すがた》を消してしまうことだ。天狗隠しにあって帰ってこなかった人の話が各地に残っている。もどってきた人もいるが、ほとんどの人は帰ってこなかった」

そんなのぜったいうそに決まってるけど、こんな風に人気《ひとけ》のない山の中で聞くと、なんだかむしょうに怖《こわ》い。

「猿田さん、天狗に会ったことあるんですか？　この山にも天狗がいたんですか？」

そんなわけないでしょと思いながら聞いてみると、猿田さんはこともなげにうなずいた。

「おらは会ったことはねえが、いい伝えによれば、昔はよく夜更《よふ》けに山頂《さんちょう》から、大きな声で笑う声やすもうの四股《しこ》をふんでいるような地響《じひび》きが聞こえてきたんだと」

光輝《みつき》はわたしに体をぴたりとつけると、そっと手をつないできた。

「そんな晩《ばん》は、みんな家の中にこもって、決して外には出なかったそうだ。そして次の朝、声が聞こえてきた辺りに行ってみると……」

光輝の手に力が入る。

「大きな木が何本も切られていたんだと。不思議なことに、切り株《かぶ》はあるのだが、切り倒《たお》された木はない。枝《えだ》まで残らず消えていたそうだ」

わたしは、辺りを見回した。光輝も、おそるおそる見回している。

ミーンミンミンという蝉《せみ》の声、ジージーという虫の声。甲高《かんだか》くひびく鳥の声、木々をゆらす風の音。山の中は、いろいろな音がしてにぎやかだが、ほんの一瞬《いっしゅん》だけ、音がとぎれる瞬間《しゅんかん》がある。自分の心臓《しんぞう》の音さえ聞こえてきそうな圧倒的《あっとうてき》な静けさに包まれると、不安な気持ちがふくらんでくる。

笹《ささ》の中を、曲がりくねりながら頂上《ちょうじょう》に向かう道。ここに、だれかがひょいと現《あらわ》れたら？　そして、その背中《せなか》に羽根があったとしたら？　――考えたら、怖《こわ》くなってきた。

おびえているわたしたちに気づいたのだろう。猿田《さるた》さんは、急にあっはっはと笑った。

「大丈夫《だいじょうぶ》、大丈夫。天狗《てんぐ》はよっぽどのことがない限《かぎ》り、人を傷《きず》つけたりはしねぇがら。土地によっては、神様のように思われているところもあるぐれえなんだがら」

明るい声でそういうと、「さあ、源泉《げんせん》はもうすぐだ」といって、歩き出した。


天狗の湯の源泉は、「天狗のすもう場」の手前を、右に少し下った沢《さわ》の近くにあった。

人が入れるか入れないかぐらいの小さな小屋があり、扉《とびら》を開けると、ゴボゴボと音を立てながら、木でできた湯船のようなものに温泉《おんせん》が湧《わ》き出している。

「このお湯をパイプを通して、天狗《てんぐ》の湯まで引いでんだ。ちょうどいい温度、ちょうどいいお湯の量で浴槽《よくそう》に流れこむようにするのが、湯守りの仕事だ。この桶《おけ》に枯《か》れ葉が入って、パイプが詰《つ》まらないように桶の中や沢を掃除《そうじ》するのもな」

そういいながら、猿田さんは小屋に置いてあった温度計でお湯の温度を測《はか》ったり、網《あみ》で桶にうかんだ枯れ葉を取り除《のぞ》きはじめた。

わたしも、見よう見まねで枯れ葉を取り除く。——光輝《みつき》はただ見てるだけ。

家ではお手伝いなんかほとんどしないから、当然といえば当然なんだけど。

「芙美《ふみ》ちゃんは、よく気がまわる子どもだなや。弟子《でし》になってほしいぐれえだ」

「わたしも、猿田《さるた》さんの弟子になりたい！　弟子になれたらうれしいです」

もちろん、そんな気はさらさらない。けど、猿田さんは心底うれしそうだ。

しばらくすると、すっかりあきてしまった光輝が、「お姉ちゃん、ぼく天狗《てんぐ》のすもう場に行ってみたい」といい出した。

——怖《こわ》がりのくせに、好奇心《こうきしん》だけは旺盛《おうせい》なんだから！

「ねえ、行ってみたい。行こうよ」

「だめだ！」

静けさを切り裂《さ》く声に、わたしも光輝も凍《こお》りついた。

「天狗のすもう場は、神聖《しんせい》な場所だ。勝手に入ったりしては、ぜったいにだめだ」

猿田さんは、笑わない顔で光輝を見つめた。それから、わたしも。

なんでよ！　わたしは行きたいなんて、ひとこともいってないのに！

「さあ、この話はもうおしまいだ。天狗《てんぐ》の湯にもどるべ。湯守りの仕事は他にもあんだ」

道具を片付《かたづ》け、小屋を閉《し》めると、猿田《さるた》さんはさっさと歩きだした。

わたしたちは立ちすくんだまま、山を下りていく猿田さんの背中《せなか》を見つめている。

しばらく行ったところで、猿田さんがふり返った。

「何してんだ！　早く来ねえと、天狗にさらわれっちまうぞ！」

はじかれたように、光輝《みつき》が走りだす。

「わたしも！」と走り出した瞬間《しゅんかん》、背中でばらばらと音がした。

まるで小石が降《ふ》ってくるみたいな音。……まさか、ね？

「そんではまず、女湯の風呂場《ふろば》と脱衣所《だついじょ》の掃除《そうじ》をしてもらいます。天狗の湯の営業《えいぎょう》時間は、午後三時から午後八時までだから、三時までにお客さんを迎《むか》える準備《じゅんび》を終えねばなりません」

天狗の湯にもどると、猿田さんは何事もなかったかのように、湯守り体験のワークショップをつづけた。

天狗《てんぐ》の湯は、両開きの引き戸を開けて入ると、小さな土間になっていて、正面に番台がある。土間の左右の壁《かべ》は下駄箱《げたばこ》になっていて、お客さんはここで靴《くつ》を脱《ぬ》いで上がる。

番台の後ろの壁には、大勢《おおぜい》の人が写った大きな写真が貼《は》ってある。天狗の湯の前で撮《と》られた写真だ。写真の横には「二〇一一年七月撮影《さつえい》。東日本大震災《だいしんさい》で被害《ひがい》を受けた沿岸部《えんがんぶ》からの二次避難者《ひなんしゃ》とともに」と書かれたカードも添《そ》えられている。

震災の時のことはよく覚えていないけど、どんな被害があったのかは、テレビで何度も見た。こんな山の中の共同浴場にまで避難してきていた人がいたことに、ちょっと驚《おどろ》いた。

女湯と男湯は、番台を挟《はさ》んで左右にあり、入浴料をはらったら、そのまま曇《くも》りガラスがはまった引き戸を開けて入るようになっている。右側の引き戸の上には「女湯」、左側の引き戸の上には「男湯」とかかれた木のプレートが打ちつけてある。

ガラス戸を開けて中に入ると、木のロッカーが並《なら》んだ脱衣所《だついじょ》、その奥《おく》にもうもうと湯気がたちこめている浴室がある。どちらも宮城蔵王《ざおう》リゾートパラダイスホテルの一〇分の一にも満たない広さだ。浴室なんか、木の床《ゆか》も湯船も真黒く変色して、ぬるぬるしている。

わたしと光輝《みつき》は猿田《さるた》さんの指示通《しじどお》り、脱衣所の籠《かご》を並《なら》べたり、床を雑巾《ぞうきん》でふいたりした。

「ねえ、お姉ちゃん。湯守りってつまんないね」

猿田《さるた》さんが「お昼をとってくる」と脱衣所《だついじょ》を出て行ったとたん、光輝《みつき》がつぶやいた。

「おそうじばっかりで、湯守りなんてつまんないよ」

「そんなこといわないの。めったにできない貴重《きちょう》な体験なんだから」

と、いってはみたものの、実はわたしも同じことを考えていた。ワークショップとかいってるけど、実はただで掃除《そうじ》の手伝いをさせたいだけなんじゃないかな、って。

「そうだ、ぼく、いいこと考えた！」

「え、なに？」

「あのね、お昼を食べたら、ぼく、おなかが痛《いた》いっていう。で、少し休むっていって外へ出るから、お姉ちゃんも『光輝が心配だから』っていってついてきて」

「外へ出て、どうするの？　夕方まで迎《むか》えは来ないんだよ？」

すると光輝は、脱衣所のすみに置いた自分のリュックから携帯型《けいたいがた》のゲーム機を取り出し、ニヤリと笑った。——ったく、用意のいい奴《やつ》！

「ね、午後はどこか涼《すず》しいところでゲームをしてようよ。お姉ちゃんもスマホ、持ってきてるんでしょう？　お金はもうはらったんだからさ、別にいいじゃん」

「そんなのダメに決まってるでしょ！」って、いつもならいうところなんだけど……。

「……まあ、それもアリかもね」

猿田《さるた》さんは「お昼を食べたら、男湯の掃除《そうじ》と番台の手伝いをしてもらう」といっていた。考えただけでダルイし、めんどくさい。

「弟が心配なのでついていきます」といえば、猿田さんも気を悪くしたりしないだろう。


お昼は大きなお椀《わん》に入った、具だくさんの汁物《しるもの》だった。天狗《てんぐ》の湯の横にある東屋《あずまや》でいっしょに食べながら、猿田さんは「これは『おくずかけ』といって、この地方の精進《しょうじん》料理なんでがす。お盆《ぼん》によく食べるんだ」と教えてくれた。

「入っているのは、里芋《さといも》、ニンジン、ゴボウ、ササゲ、油揚《あぶらあ》げ、しいたけ、糸こんにゃく、豆腐《とうふ》、豆麩《まめふ》に温麺《うーめん》だ。これを醤油《しょうゆ》味《あじ》のだしで煮込《にこ》んで、仕上げにとろみをつける」

「うーめんってなに？」

光輝《みつき》がたずねると、猿田さんは箸《はし》で一〇センチぐらいの白くて細い麺をすくい上げた。

「これが温麺《うーめん》だ。『温麺《おんめん》』と書いて『うーめん』と読む。この辺りの名産品だ」

そういうと猿田《さるた》さんはお椀《わん》とお箸《はし》を置いて、「四百年ほど前の話だ」と話し始めた。

「白石《しろいし》という城下町に、鈴木味右衛門《すずきみえもん》という若者《わかもの》がいた。味右衛門の父親は胃《い》の病を抱《かか》えていて、食べ物をとることができなかった。親孝行《おやこうこう》な味右衛門が『何か手立てはないものか』と考えていたところに、旅のお坊《ぼう》さんがやってきた。そして、油を使わない麺の作り方を教えてくれた。この麺を温めて父親に食べさせたところ、胃の病が治った。白石のお殿様《とのさま》は、味右衛門の温かい思いやりの心を称《たた》えて、これを『温麺』と名づけた」

「親孝行な味右衛門のおかげで、温麺は生まれたんだね」

そういうと、光輝《みつき》はちゅるんと麺をすすった。

「おくずかけ」に入っている温麺は、柔《やわ》らかくて、おいしかった。わたしと同じ親思いの味右衛門の話をきいたせいか、いっそうやさしい味がするような気がした。

食事を終えて、「さあ、男湯の掃除《そうじ》を始めるべ」と猿田さんが立ち上がった時だ。

「いたたたた」

光輝が、お腹《なか》を手でおさえながら声を上げた。——迫真《はくしん》の名演技《めいえんぎ》だ。

かがみこんだ光輝《みつき》の顔を「どうした、大丈夫《だいじょうぶ》か?」と、猿田《さるた》さんがのぞきこむ。

申《もう》し訳《わけ》ないぐらい心配してくれている姿《すがた》に、胸《むね》の奥《おく》がチリッと痛《いた》む。けど……。

「すみません。弟はときどきこんな風におなかが痛くなるんです。少し休めばなおるんです。心配なので、ついていてやりたいと思います」

「んだが」と、猿田さんは、うたがう様子もなくうなずいてくれた。

「おらは湯の支度《したく》をせねばなんねえから、悪いけど、芙美《ふみ》ちゃん、光輝くんをたのむ」

わたしは「はい」とうなずいた。心の中で「よし、完璧《かんぺき》!」とガッツポーズしながら。


猿田さんが天狗《てんぐ》の湯に入っていくのを確認《かくにん》して、光輝はゲームを、私はスマホを取り出した。――光輝も、たまには役に立つんだよね。

口をきくこともなくそれぞれのゲームに熱中して、一時間ほど経《た》ったときのことだ。

「ねえ、お姉ちゃん。あそこに行ってみない?」と光輝がつぶやいた。

「あそこって?」

「天狗のすもう場に決まってんじゃん! ねえ、行こうよ」

実は、わたしもゲームに飽《あ》きて、どこかへ行きたいと思っていたところだった。

そして「行くならあそこしかない」とも。

「どうしようかなぁ」と、答えながら考えた。

四角《しかく》さんとの約束は、午後五時だ。その少し前までに天狗《てんぐ》の湯にもどれば、サボったのはバレないはず。もどって来て、知らん顔で湯守り体験のつづきをすればだいじょうぶだ。

「よし、行こう！」「うん！」

めずらしく気が合ったわたしと光輝《みつき》は、意気揚々《いきようよう》と山道を歩き始めた。

今朝一度歩いているから、迷《まよ》うことはない。天狗の湯の源泉《げんせん》から、もう少し登ればいいだけだ。

……と、思ったんだけど。源泉を過《す》ぎてから、一〇分。歩いても、歩いても、山の頂《ちょう》上《じょう》が見えてこない。もうとっくに着いていてもいいはずなのに。

光輝もだんだん不機嫌《ふきげん》な顔になってきた。

「ほら、もう少しだから、がんばろう」

こんなところで、「歩くのやだ」とかいいだされたらたまらない。わたしは、先手を打って光輝《みつき》の手を引いて歩き出した。……ところが、だ。

いきなり、ぐいっと右手を引っ張《ぱ》られた。

いきおいよく歩いていたわたしは、前につんのめりそうになった。

「やっぱ、やめた。ぼく、行かない」

ほら出た。やっぱりだ。

「ねえ、お姉ちゃん、もう帰ろうよぉ」

鼻にかかった甘《あま》ったるい声。光輝が、自分のいい分を通したいときに使う声だ。

光輝には「可愛《かわい》いスイッチ」がある。

ここぞ！　というところでそのスイッチを入れると、たいていのことは光輝ののぞみ通りになる。夕食のメニューでも、お出かけの行き先でも。

「ねぇ、お姉ちゃあん。帰ろうよぉ」

バカみたい。そんな甘い声、パパやママにしか通用しないのに。

「どういうこと？　光輝が『行きたい』っていったから来たんだけど？」

「でもさぁ、ぼくもう疲《つか》れちゃったんだもん」

「だもん」じゃない！　だれもがいいなりになると思ったら大《おお》まちがいなんだから。

「ねえ、光輝《みつき》、山のてっぺんまで行ったら、いいことがあるかもしれないよ」

「うそだね。それに、猿田《さるた》さん、天狗《てんぐ》のすもう場に入っちゃダメっていってたもん！」

カッときた。もう限界《げんかい》だ！

「自分からいい出したくせに！　いいよもう、光輝が行かないなら、一人で行くから」

わたしは、光輝の手をふりほどいた。

「お姉ちゃん？」

ふり返らない。ふり返るもんか。もう、光輝なんかどうなったって知らない！

「お姉ちゃん」「お姉ちゃん！」「お姉ちゃぁーーーーん！」

光輝の声をふりはらうように、足に力をこめて、ぐんぐん登った。

どれくらい歩いただろうか。息があがりかけた頃《ころ》、いきなり目の前が開けた。

それほど広くはない。まるく開けた広場は、木も草も生えておらず、のっぺりと土がむき出しになっている。見ようによっては、たしかに土俵《どひょう》のようにも見える。

よく見ると広場の片隅《かたすみ》に石の塔《とう》が立っていて、「天狗のすもう場」ときざまれている。

足を踏《ふ》みいれようとしたら、何かが足にひっかかった。細く綯《な》った縄《なわ》のところどころに白い紙がはさみこまれているもの。神社によくある、たしか「注連縄《しめなわ》」っていったっけ？

「何よ、こんなもの！」

わたしは足でけりあげて、注連縄をぶちっと切った。そしてすもう場の中に入った。

入った瞬間《しゅんかん》、急に辺りが薄暗《うすぐら》くなってきた。

「え？」

めりめりめりめり。ものすごい音がした。

バリバリバリバリ。山のあちこちで木が倒《たお》れる音がする。

そのうち、ゴーッという地鳴りがして、地面がゆれ始めた。すもう場の片隅《かたすみ》にある石碑《せきひ》が、まるでだれかがゆさぶっているみたいに、右に左に大きくゆれている。

たまらず地面にへたりこむと、バラバラバラバラ、小石が降《ふ》ってきた。そして、

「あーっはっはっは」

空の高みから、笑い声が降ってきた。

「何なの？　どういうこと？」

見上げた空を、黒い影《かげ》がよぎる。影には大きな翼《つばさ》があり、羽ばたく度《たび》に音がする。
――全身に鳥肌《とりはだ》が立つ。ぶるぶると震《ふる》えが来る。
影がだんだん近づいてくる。獲物《えもの》を見つけた鷹《たか》のように、まっすぐ向かってくる。

あれは、鳥じゃない……人だ！
助けをよびたくても、声が出ない。かわりに、心の中でさけびつづける。
ねえ、なんで？　なんでわたしなの？　わたし、めちゃくちゃいい子なのに！
羽ばたく音が近づいてきて、ズン！　と近くに降《お》り立った。
どうして？　どうして光輝《みつき》じゃなくて、わたしなの！
じゃりっ、じゃりっ。下駄《げた》の歯で、土をふみしめる音が近づいてくる。
じゃりっ、じゃりっ、じゃりっ、じゃりっ！
目の前に、大きな影が立ちはだかった。
天狗《てんぐ》は、人を傷《きず》つけたりしないんだよね？　……ねっ！

（佐々木ひとみ・文）

2　きつね松明《たいまつ》

長井《ながい》奏太《そうた》（小学六年生）

ぼくは今、将棋《しょうぎ》で有名な山形県の天童市《てんどうし》へ向かっている。

黒い高級車の後部座席《ざせき》に乗り、今日の対局に思いをめぐらせる。どういう手を使う相手だろうと負けられない――。

なーんていうのはウソ。小学生棋士《きし》になった自分を想像《そうぞう》してみただけ。

ぼくは、そんなビッグなやつじゃない。パパには「ビッグな人間になれ」といわれるけれど。

天童市へ行くのは将棋の駒《こま》づくり体験のためだ。あの「王将《おうしょう》」とか「歩《ふ》」とか書いてある小さな木の駒をつくるというだけ。フッ、ちっちゃい目的だな。

でも、黒い車に乗っているのは本当だ。ドライバーはサングラスに顔がほとんどかくれるようなマスクをした男で、助手席にいるのはきれいな女の人。みちのくエージェンシーの社員だとかいってたな。たしか名前は四角美佳《しかくみか》さん。黒いパンツスーツに小型《こがた》のビジネスバッグを抱《かか》え、仕事がデキる人って感じだ。

ぼくは、山形県の高原にあるリゾートホテルに両親と滞在《たいざい》している。

昨夜、「子どものための〝地元体験〟ワークショップ」というのに申しこんだら、この二人がホテルまでむかえに来てくれた。黒くてグレードの高そうな車だから、つい、ビッグな小学生の気分を想像《そうぞう》したというわけ。

窓《まど》からの景色は、田園地帯から郊外《こうがい》の住宅地《じゅうたくち》になった。まっすぐな道路を走っていると、カーナビがアナウンスした。

「次のキツネバラ交差点を右折です」

車が信号で止まったとき、近くの電柱に「きつね原」の表示《ひょうじ》が見えた。

「キツネバラって、きつねの原っぱと書くのか。昔は、この辺りにきつねがいたのかな」

ぼくがつぶやくと、四角さんが顔を少しだけふりむかせた。

「今でも、きつねはいるんじゃないかしら？」

なんだか、ぼくをバカにしたような口ぶりだった。「きつねは絶滅《ぜつめつ》してはいないのよ。そんなことも知らないの？」というように。

ぼくはムッとしてかえした。

「山や森には、今でもきつねがいることぐらい知ってますよ。ぼくがいったのは、この辺りは人間に開発されたから、今はいないだろうという意味です」

四角《しかく》さんはクスッと軽く笑っただけでなにもいわなかった。

そんな四角さんから顔をそらし、ぼくは窓《まど》の外を見た。

すると電柱のかげに白いものが見えた。

「きつね？」

つぶやいたと同時に車は発車した。今のは、ふさふさした長い尾《お》に、両耳をピンと立てこっちをにらむ白いきつね、に見えた。でも、ちがうな。こんな町の中にきつねがいるわけない。しかも、白いきつねなんて。

ぼくはシートにすわりなおし、背《せ》もたれによりかかった。

「きつねか。なにが、きつねゲームだよ？」

昨夜のことがよみがえる。

ホテルのレストランで食事をしたあと、パパが、ライトアップされた庭を見て、「夜のイングリッシュガーデンを散歩しようじゃないか」といいだしたんだ。

ぼくは、親子三人で散歩するなんて気が進まなかった。でも、パパは「山形のワインはじつにおいしい」とじょうきげんで、めんどうくさいことはいわなさそうだし、夜の庭はちょっと魅力的《みりょくてき》に思えたから、まあいいかと、つき合うことにした。

ガーデンの小道には、足元を照らすように小さな灯《あか》りが点々と置かれていた。青いLEDライトだ。そのライトの列のはじまりのところに、縦長《たてなが》の板がつきささっていて、「きつね松明《たいまつ》」と筆《ふで》で書かれていた。イングリッシュガーデンなのに、その看板《かんばん》だけが日本的で妙《みょう》な感じだった。

ぼくは足を止めてスマホを取りだし、意味を調べた。松明は、たしか「たいまつ」と読むんだ。パパと〈難読《なんどく》漢字ゲーム〉をしたときに、覚えさせられた。

きつね松明とは「火の気のないところに、怪《あや》しい火が一列になって現《あらわ》れる現象《げんしょう》」と出ていた。全国的には「きつね火」とよぶけれど、東北の一部の地域《ちいき》では「きつね松明」とよぶそうだ。「きつねが人間を化かす目的で、道のないところをわざと照らす」とも書いてある。

まあこれは、そういう光の列を再現《さいげん》したってわけか。または、この足元を照らすためのライトを見たホテルのだれかが、おもしろ半分に「きつね松明《たいまつ》」と表示《ひょうじ》したのかもしれないな。

そのときパパが、いいことを思いついたという顔をした。

「きつね松明か。じゃあ今から、〈きつねゲーム〉をするぞ。きつねがつく言葉を順番にいう。いえなくなったら負けだ」

また、はじまった。ぼくは「はぁ」とため息をつく。パパはすぐにこういうゲームをしたがる。

「では、パパからいうぞ。〈キツネノチャブクロ〉。きのこの名前だ」

「つぎはママね。〈キツネうどん〉」

ぼくは、こういうゲームにうんざりしていたから、てきとうに答えた。

「キツネの目」

「〈キツネノカミソリ〉。花の名前だ」

「〈キツネの嫁入《よめい》り〉。お天気雨のことよ」

「キツネの耳」

するとパパがいちゃもんをつけてきた。

「おい、奏太《そうた》。次はきつねの鼻というつもりか？　やる気が見えないぞ」

「やる気が見えないって、パパが勝手にはじめただけじゃないか。ゲームに参加するかどうかも聞かずに」

ぼくが横目で非難《ひなん》すると、パパはかえって胸《むね》をはった。

「ああ。たしかに参加の有無《うむ》は聞いてない。おまえのためにやっているんだからな」

すぐにパパは、ぼくのためだという。

「でもぼくは、やりたくない」

「いいか、奏太。ゲームを通して知識《ちしき》を増《ふ》やすことが目的だ。ふだんからおまえが、ニュースやまわりの物事に注意するクセをつけるようにしているんだ」

反論《はんろん》すると倍になってかえってくる。なんだかイライラしてきた。

「そういうクセ、べつにいらない」

ぼくは、パパとママに背中《せなか》を向け、きつね松明《たいまつ》の小道を逆走して部屋に向かった。

高級なホテルに泊まり、おいしいものを食べられるのは、パパのおかげだってことはわかっている。だけど本当にぼくのためを思うなら、何度も転勤《てんきん》するなよ。ぼくは転校ばかりさせられて、友だちもできやしない。

部屋にもどったぼくは、パパと別行動する方法を考えた。あんなちょうしで、三日間もパパといっしょにいるなんて、息苦しくてたまらない。それでスマホを見ていたら、子どもだけでも参加可能《かのう》なワークショップを見つけた。いろんなメニューのある中で、将棋《しょうぎ》の駒《こま》づくりなら、やってもいいなと思った。料金はぼくのこづかいでも足りるし、送迎《そうげい》もしてくれるらしい。

このワークショップに申しこんだことを、部屋にもどってきたパパに話すと、「将棋《しょうぎ》は知的ゲームだから、いいだろう」といわれた。

そんな昨夜のことを思い出しているうちに、いつのまにか、市の中心部に入っていた。

将棋《しょうぎ》の駒《こま》があちこちに見えはじめた。

例えば、赤いポストの上に大きな王将駒《おうしょうごま》がのっている。旅館や食堂《しょくどう》の看板《かんばん》、タクシーの行灯《あんどん》や公園のトイレも駒型《がた》になっていて、街全体が将棋駒のテーマパークみたいだ。

街の中心を流れる細い川のほとりで、車から降《お》ろされた。橋の赤い手すりの上に、王将駒がのっている所だ。

四角《しかく》さんが、かわら屋根の昔風の建物を指さした。天駒堂《てんこまどう》という看板が見える。

「あの制作販売《せいさくはんばい》をしている店で、駒づくり体験をします。本日、この体験に申しこまれたのは、長井奏太《ながいそうた》さんお一人でしたので、お店のほかのお客さまといっしょに体験してください。わたくしは次の仕事がありますので、ここでお別れです。夕方五時に、この王将橋にむかえに来ます。それまでどうぞ楽しんでください。では、失礼します」

そういって四角さんは、車にサッと乗りこむと行ってしまった。

ぼくはいわれたとおり、天駒堂へ向かった。

店内には、将棋駒がずらりとならんでいた。対局用のふつうサイズのものから、床《とこ》の間《ま》に飾《かざ》るような大きなもの、書かれている文字も楷書《かいしょ》や草書《そうしょ》、さまざまだ。駒のストラップやペン立て、メモスタンドなんかもある。

店の一画は畳《たたみ》になっていた。そこでは気むずかしそうなおじいさんが、座卓《ざたく》の上で、駒《こま》に文字を彫《ほ》っている。彫り師《し》による駒づくりの実演《じつえん》だそうだ。

「体験のお客さまは、工房《こうぼう》へどうぞ」

といわれ、ぼくは店の奥《おく》へと進んだ。

工房には、おばさんのグループやカップルなど五、六人がいた。ぼくが空いているいすに腰《こし》かけると、彫り師のお弟子《でし》さんだというお兄さんが説明を始めた。

「将棋《しょうぎ》の駒は、マユミやカエデ、ツゲの木などを加工してつくります。まずは直系《ちょっけい》一〇センチくらいの丸太を、ざっくりと輪切りします。その後、駒の五角形を整えるように切りそろえていき、そこから、かまぼこを切るように一枚分《いちまいぶん》を割《わ》りはがします」

形が整ったあとも、山の部分の角度をそろえたり、表面や側面をみがいたり、細かい作業がつづく。そうしてつくられた駒に、「王将《おうしょう》」などの文字を書いたり彫ったりする。

ぼくは、文字を書くほうの体験を選んだ。

高さ九センチぐらいのまっさらな駒をうけとる。これは対局用ではなく、飾《かざ》り用の駒だ。

弟子《でし》のお兄さんが説明してくれた。

「蒔絵筆《まきえふで》と漆《うるし》を使います。蒔絵筆は、猫《ねこ》の毛でつくられた小筆です。漆は、この壺《つぼ》の中に入っている黒い液体《えきたい》です。文字は、書きたい字を自由に書いてください」

うーん、何の字を書こうかな？　ぼくは小筆を手にして考える。「王将《おうしょう》」は、ベタすぎるよな。向かい側のカップルは、おたがいの名前を楽しそうに書きはじめた。

「ねえ、奏太《そうた》は、何て書くの？」

「え？」

声のほうをふり返ったぼくは、目を丸くした。

いつの間にかとなりには、色白の女の子がすわっていて、それは桃香《ももか》だったからだ。

桃香は、前の小学校で同じクラスにいた女の子。とても仲よくしていて、つまりその、桃香はぼくの……彼女《かのじょ》だった。

だけど、今年の春にはなればなれになってしまった。パパの転勤《てんきん》のせいで。

その桃香が今、ぼくの目の前にいる。

「な、なんで？」

ここにいるの？　というつもりで聞いたんだけれど、別の意味の答えがかえってきた。

「なんでって、ちょっと聞いてみただけ」

クククッとその子は笑った。

桃香《ももか》じゃない。顔はそっくりだけど、こんなに目がつりあがっていなかったし、声色《こわいろ》も話し方もまるでちがう。それにしても、この女の子は……。

「どうして、ぼくの名前を知ってるんだ？」

目をみはるぼくに、女の子は「参加者名簿《めいぼ》を見たからよ」とすまして答えた。

そして「あたしは自分の名前を書くの」といいながら、「りいな」と下書きをした。

なんだよ。いきなり親しげに声かけてきて、ヘンなやつ。ぼくはりいなから顔をそらし、五角形の駒《こま》を見つめた。さて、何て書こうか。自分の名前は書きたくないな。何かカッコいい文字を調べようと、ボディバッグからスマホを取りだす。

するとまた、りいなが話しかけてきた。

「ねぇ、その筆《ふで》、何の毛でつくられているか知ってる？」

「猫《ねこ》の毛だろ。さっき、弟子《でし》の人がいってたよ」

ぼくがぶっきらぼうに答えると、りいなはおかしそうにククックッと笑った。

「今、奏太《そうた》が持っている筆《ふで》だけは、きつねの毛なのよ」

改めて筆を見る。ぼくが持っている筆だけ、柄《え》が白い。あとの筆は茶色だ。でも、毛の部分は漆《うるし》で真っ黒だから、ちがいはわからない。

「フン。べつに、何の毛だろうと、どうでもいいよ」

「ほんとにいいの？　きつねの毛で書く言葉は、特別なのに」

りいなは、ちょこんと首をかしげていった。そんな彼女《かのじょ》のしぐさが、ついかわいいと思ってしまった自分に、腹《はら》が立った。

「ねぇ、その駒《こま》は何の木か、知ってる？」

また、よけいなことを聞いてきた。うるさいやつだな。

「マユミかカエデかツゲの木だろ。木なら何だって同じだよ」

「そう？　木の種類によって、においも音もちがうのよ」

りいなが、ぼくの駒のにおいをクンクンとかぐ。そのあと、近くにあった木の棒《ぼう》で駒をたたいた。トントンッという音がした。

「これは、低い音だから、マユミの木ね」

つぎに、自分の駒《こま》をたたいた。今度はコンコンッと、高い音が鳴った。

「わたしの駒はツゲの木よ。ツゲは、じょうぶで高級な木なの」

りいなが、駒をコンコンとたたきながら歌いだす。

「♪　子ぎつねコンコン　山のなか～　山のなか～　♪」

ぼくはあきれてため息をついた。りいなを無視《むし》して書くことに集中しよう。

将棋駒《しょうぎこま》の中でカッコいいと思うのは、飛車《ひしゃ》だ。縦《たて》でも横でも動ける。どこまでも自由に。何でもパパの都合で決められてしまうぼくにとって、あこがれの駒。

決めた。「飛車」と書こう。背筋《せすじ》をのばし、まっさらな駒に向き合う。

まちがえても修正《しゅうせい》はできないといわれ、緊張《きんちょう》した。一回勝負で二度めはない、という状況《じょうきょう》は苦手だ。息をとめて慎重《しんちょう》に、縦の棒《ぼう》や横の棒や点を一つ一つ書いていく。

そうして「飛車」と書き終えた時、ぼくはお腹《なか》の底から深呼吸《しんこきゅう》をした。

「ふう――――っ」

すると、りいながはしゃぎだした。

「うわぁ、奏太《そうた》、きれいな字。じょうずじゃない！」

りいなの顔が、ぐっとぼくに近づく。ふっと、花のようないい香りがした。久々《ひさびさ》にかぐ女の子のにおいだ。思わず、大きくすいこむ。

するとなんだか、頭の芯《しん》がぽうっとなり、すごくいい気持ちになった。同時に、お腹《なか》がキュルキュルと鳴る。工房《こうぼう》の時計を見ると、十二時をまわっていた。

「ねぇ、奏太。お昼、いっしょに食べない？」

「う、うん」

思わず、ゆるんだ顔でうなずいてしまった。会ったばかりの女の子だというのに。

完成した駒《こま》を店のおばさんに預《あず》け、りいなとぼくは街《まち》へ出た。

「見て見て。ポストの上に将棋《しょうぎ》の駒がある！　マンホールのふたも駒の絵よ」

りいなは、駒型《こまがた》のものを見つけてはむじゃきにはしゃぐ。あれ？　なんかぼくたち、仲よしみたいだな。

「奏太、あの店に行こう！」

りいなに手を引かれ、川沿《かわぞ》いのカフェに入った。

ぼくは山形牛のハンバーガーにかじりついた。うまいっ！　弾力《だんりょく》があって肉汁《にくじゅう》たっぷりのハンバーグに、シャキシャキのレタスとあまみのあるトマト。ファストフード店のハンバーガーよりも、数倍うまいぞ。

りいなは、まだお腹《なか》がすいてないといって、何も注文しなかった。ぼくが食べている間、うっとりとした表情《ひょうじょう》でほおづえをつき、川沿《かわぞ》いの桜《さくら》なみ木を見ていた。

「春は、どこまでもピンク色になって、すてきなのよね」

ぼくも、りいなの視線《しせん》の先に目をやって、満開の桜を想像《そうぞう》しようとした。

でも、苦い思いがこみあげてきてやめた。春休み、桃香《ももか》と公園の桜を見に行く約束をしていたのに、果たせなかった。その直前にパパの転勤《てんきん》が決まったからだ。

ふと、りいなは桃香なんじゃないかという考えがうかんだ。桃香が、声色《こわいろ》も口調も変えて別の女の子のふりをしてぼくに会いに来た、なんてことはあるだろうか……。

「りいな、きみは、どこから来たの？」

ぼくは、真剣《しんけん》に彼女《かのじょ》を見つめた。

「あたしが？　さあ、どこかなあ？」

クスッと笑ってはぐらかされた。

「それより、奏太《そうた》。人間将棋《しょうぎ》って、見たくない？　ほら、あれ」

りいなは、壁《かべ》にはられたポスターを指さした。戦国時代の兵士《へいし》のかっこうをした人たちが巨大《きょだい》なマス目の上に立ち、背中《せなか》にくくられたのぼり旗には「飛車《ひしゃ》」「桂馬《けいま》」「金将《きんしょう》」などと書かれてある。これは、人間を将棋の駒《こま》にして行うゲームのようだ。自分が将棋の駒になるって、どんな気分なんだろう。パパと将棋をした時のことを思い出す。

「いいか、奏太。将棋の駒になるよりも、駒を動かす人間になれ。それがビッグな人間というものだ」

パパは、そんなことをいってたな。

りいなは、ポスターをしげしげと見ている。

「毎年、桜《さくら》の季節にやるんだって。ねぇ、奏太。人間が将棋の駒になっちゃうなんて、おもしろすぎない？」

ククククッというかわいらしい笑いは、アハハハハッという高笑いに変わっていった。りいなは、おかしくてたまらなそうに笑いつづける。

やっぱり桃香《ももか》じゃない。桃香は、こんな笑い方はしなかった。

でもぼくは、その後もりいなといっしょにいた。別人とわかっていても、桃香と再会《さいかい》できた気になれたし、パパからはなれて自由に行動できるのは、いい気分だった。

四角《しかく》さんにいわれた待ち合わせ時刻《じこく》は、気にしなかった。お金はじゅうぶんに持っているから、タクシーで帰ればいいいんだ。りいなを家まで送れば、彼女《かのじょ》がどこから来たのかもわかる。

夕方六時近くになって、ぼくたちは天駒堂《てんこまどう》にもどった。

預《あず》けていた駒を受けとったぼくは、タクシーをよぶためにスマホを取りだそうとした。

「あれ……ない？」

ボディバッグに入れてたはずだけど。あ、工房《こうぼう》におきわすれたかも。

ぼくは、店の奥《おく》の工房へいき、スマホを探《さが》した。でも、見つからない。弟子《でし》のお兄さんに尋《たず》ねたけど、わからないといわれた。

「お客さん、そろそろ店を閉《し》めますよ」

店のおばさんにいわれて販売《はんばい》コーナーへもどると、客はぼくしかいなかった。

「あれ？　すいません。ぼくといっしょに来た女の子は、どこへ行きましたか？」

するとおばさんは首をかしげた。

「女の子？　あなたは、ひとりで来たんじゃないの？」

え、そんな……。ぼくは店から飛び出し、りいなを探《さが》した。

でも、見つからなかった。

「なんだよ」

ぼくはほっぺたをふくらます。裏切《うらぎ》られた気分だ。さっきまで仲よくしゃべってたじゃないか。さよならぐらい、いってくれてもよかったのに。

どうせ、いつもこうなんだ。だれかと仲よくなっても、お別れのときがきてしまう。みんなパパのせいだ。パパが悪いんだ。

夕暮《ゆうぐ》れの街《まち》で、ぼくはタクシーを探した。でも、子どもだからなのか、とまってくれない。ある人が、「桂馬橋《けいまばし》」へ行けば、リゾートホテル行きのバスに乗れると教えてくれたので、そこまで歩くことにした。

桜《さくら》なみ木の川沿《かわぞ》いを王将橋《おうしょうばし》から上流に向かって歩きだす。きっと銀将橋《ぎんしょうばし》の次くらいに桂馬橋《けいまばし》はあるだろうと軽く考えていた。

ところが、銀将橋の次は、いくら歩いても橋が見えない。辺りはうす暗くなってきて、川沿いを歩くのはぼくひとりになってしまった。

それでも川沿いに進んでいくと、ようやく、次の橋が見えてきた。

手すりの上の駒《こま》に書かれた文字は……「天狗《てんぐ》」？

「そんな駒あるかよ」

ひとりでつぶやいた。暗くなったけれど、駒の中にはＬＥＤライトでも入っているのか、青白く光り、はっきりと見ることができる。

しかしそこからは、おかしな駒ばかりが現《あらわ》れた。

「鬼婆《おにばば》」「河童《かっぱ》」「大蛇《だいじゃ》」「古下駄《ふるげた》」……そんな文字の駒が続いている。なぜか、橋と橋のかんかくが短くなっているので、駒は、点々とした光の列のようにも見える。

ぼくはふと、足をとめた。こういう光の列を、どこかで見たような。

「まさか、きつね松明《たいまつ》？」

反射的《はんしゃてき》に、うしろをふりかえった。

闇《やみ》の中に、青白い光が点々と連なっていて、よく見ると、それは駒《こま》ではなかった。

「ど、どうなってるんだ？」

もはや、橋の手すりもない。川さえ消えている。ただ、ゆらめく青白い光が前にも後ろにもつづいているだけ。

きゅうに胸《むな》さわぎをおぼえた。きっと、これ以上進んでも桂馬橋《けいまばし》にはたどり着けない。

スマホも使えないし、早く王将橋《おうしょうばし》までもどって、別の帰りかたを見つけなきゃ。

来た道を逆走《ぎゃくそう》した。

息を切らし、夢中《むちゅう》で走る。とにかくこの道をもどれば、元の場所へ行くはずだ。

とちゅうに分かれ道はなかった。まっすぐ歩いてきたはず……なのに、走っても走っても景色はなにも変わらない。なんでなんだ？

そのとき、足がもつれ、つんのめって転んでしまった。

「いってぇ……」

ひざこぞうを抱え、目をぎゅっとつぶって痛《いた》さをこらえる。そして目をあけると、

「う、うそだろ」

ぼくは、まったく別の場所にいたのだ！

まわりには大勢《おおぜい》の人たちが立っていて、みんな鎧兜《よろいかぶと》と甲冑《かっちゅう》をつけている。なぜかぼくも、黒い甲冑をつけている。向こう側の人たちは赤い甲冑だ。地面は巨大《きょだい》なマス目になっていて、まわりには「歩《ふ》」や「銀将《ぎんしょう》」と書かれたのぼり旗が見える。

そしてぼくの背中《せなか》には「飛車《ひしゃ》」の旗。

これは……人間将棋《しょうぎ》だ！　ぼく自身も駒《こま》になっている。

ヴォオオ〜〜〜、オオオ〜〜〜

どこからか法螺貝《ほらがい》の音が聞こえてきた。

辺りに、観客の姿《すがた》はない。満開の桜《さくら》があるだけ。その木々の間からは、深い紺色《こんいろ》の夜空が見える。巨大《きょだい》な将棋盤《しょうぎばん》のまわりをとりかこむように、松明《たいまつ》を持った兵士《へいし》たちがならんでいる。

なんでぼくが、人間将棋の駒になっているんだ？　ワケがわからない。それより、早くホテルにもどらないと、パパにしかられる。

「すいません。ぼく、帰らなきゃならないんで」

声をあげ、盤上《ばんじょう》から降《お》りようとした。

すると、見えない壁《かべ》にぶつかった。まわりには何かがある。これじゃあ、マス目から一歩も出られない。まるで、ガラスのエレベーターに閉《と》じこめられてしまったみたいだ。

「すいませーん！　ホテルへ帰らせてくださーいっ」

大声をあげる。でも、だれもふり向かない。いったい、どうなってるんだ？

そのとき、棋譜読《きふよ》みの声が聞こえた。

「先手、7、六、歩《ふ》」

ん？　今の声は……やぐらの上に、和服姿《わふくすがた》の色白の女の子が見えた。りいなだ。

「歩」の兵士が、無表情《むひょうじょう》なまま、読まれたマス目へ移動《いどう》する。歩かずにすべるような、不思議な動きだ。

「おーい、りいなーっ。これは、なんなんだよ？」

やぐらに向かってさけんだけど、りいなは何も答えない。たんたんと棋譜を読むだけだ。

「後手、3、二、金」

辺りは静かだ。たまに、桜《さくら》の花びらがひらひらと降《ふ》ってくる。今は夏なのに。

「先手、２、五、歩《ふ》」

そのとき、向こう側の「桂馬《けいま》」の兵士《へいし》の表情《ひょうじょう》が、恐怖《きょうふ》でひきつった。

何をそんなに怖《こわ》がっているんだ？　と思っていたら、彼《かれ》の体に、メラメラと青白い炎《ほのお》があがった。

「うわっ、人が燃《も》えてる！」

ぼくは思わずのけぞった。

炎はみるみる彼をつつみこみ、あっという間になにもかも灰《はい》になってしまった。いや。桂馬の兵士がいたマスには、灰さえも残っていないようだ。

その何もないマスへ、「歩」の兵士がすべるように移動《いどう》する。何事もなかったように。

「い、今のは、たしかに燃えていたよな。人体発火現象《げんしょう》みたいに……」

ぼくは目をこすり、兵士たちの動きをじっと見つめる。

「後手、７、四、歩」

「先手、同じく、歩」

あ、また兵士が燃えた。つまり、相手にとられた駒《こま》の兵士が燃えるんだ。だけど、燃え

飛車

るって、どういうことだよ？　心臓《しんぞう》がドクンドクンと鳴ってきた。

ぼくも、相手にとられたら燃《も》えるのか？

「いやだ。燃えるなんていやだ！　ここから出してくれ！」

見えない壁《かべ》をドンドンたたく。でも、まわりの反応《はんのう》はまったくない。

「だれか、何かいってくれよ！」

いくらさけんでも、見向きもされない。ただ桜《さくら》の花びらが、静かに散っているだけ。

そのとき、りいなの声に高笑いが混《ま》じった。

「先手、ククッ。飛車《ひしゃ》で王手。アハハハハハハッ」

やぐらを見あげると、そこにいたのはりいなではなく、耳をピンと立てた真っ白なきつねだった。

ぼくはいつの間にか、王将《おうしょう》のまん前に来ていた。

まずい。どうしたって、飛車《ひしゃ》であるぼくがとられる！

そう思った瞬間《しゅんかん》、足元から青白い炎《ほのお》がわきあがった。


（野泉マヤ・文）

3　朱《しゅ》の盤《ばん》

二瓶茜《にへいあかね》（小学四年生）

「うわあ、これが、鶴ヶ城《つるがじょう》？　かっこいい！」

あたしの目の前には、立派《りっぱ》な五層《そう》の天守閣《てんしゅかく》が、ドンとそびえている。

「そうだよ。茜も感動しただろ？　正式な名前は、若松城《わかまつじょう》というんだ。殿《との》さまが子どもの時、名前を鶴松《つるまつ》といったことから、鶴ヶ城とよばれているらしいぞ」

歴史《れきし》好きのパパが、目をかがやかせる。

そのとなりで、おいしいものに目がないママが、スマホを片手《かたて》に声をはずませた。

「ひととおり鶴ヶ城を見たら、売店でこんにゃく田楽《でんがく》を食べるわよ。三角の形に切ったこんにゃくに、甘《あま》いみそだれがついているんですって。楽しみ～」

あたしは、パパとママといっしょに、家族旅行で、福島県の会津若松《あいづわかまつ》へやってきた。

さっそく、観光案内所で、「鶴ヶ城《つるがじょう》プロジェクトマッピング」のパンフレットをもらった。

東日本をおそった、東日本大震災《だいしんさい》が発生した三月一一日には、毎年天守閣《てんしゅかく》の白壁《しらかべ》に、美しい花や景色などを映《うつ》し、みんなで震災からの復興《ふっこう》を願うという。

パパは、城壁《じょうへき》に近づくと、ごつごつとした石を、手のひらでいとおしそうになでた。

「近くの白河市《しらかわし》にある小峰城《こみねじょう》では、あの大地震《おおじしん》でくずれた石垣《いしがき》を八年もかけて復元したそうだ。幸い、この鶴ヶ城の城壁は無事だったらしい」

パパは、感激《かんげき》しているようだが、あたしは、木の幹《みき》についているセミの抜《ぬ》け殻《がら》に興味《きょうみ》をひかれていた。こっそりだれかの背中《せなか》にくっつけたら、びっくりするよ。ククク。

セミの抜け殻に手を伸《の》ばしたとたん、「茜《あかね》！」と、ママがあたしをよぶ声がした。

「また、変なこと考えていないでしょうね」

ママは、あやしむようにまゆをしかめている。あたしは、あわてて手をひっこめた。

「やだなあ、何にも考えてないよ～」

「だったら、早くいらっしゃい！」

ママに「は～い」と返事しながら、心の中でペロリと舌《した》を出した。

そう。あたしは、だれかをびっくりさせたり、怖《こわ》がらせるのが大好き。この間も学校で、友だちの背中《せなか》に毛虫をくっつけた。そしたら、その子が泣いちゃったせいで、ママまで学校によび出されちゃったんだよね。

ママは、パパの背中をおしながらいった。

「ねえねえ、早く見学をして、おいしいものを食べましょうよ。ホテルでは、どんなごちそうが出るのか、今から楽しみだわ～」

あたしも、パパとママのうしろについて歩き出した。家族旅行中は、ママがうるさいから、いたずらはがまんだ。なんか、きゅうくつ！

ホテルにつくと、さっそく温泉《おんせん》に入った。部屋でくつろいでいると、食欲《しょくよく》をそそるいいにおいとともに、ごちそうが運ばれてきた。

定番のおさしみやステーキの他に、郷土《きょうど》料理も並《なら》んでいる。

「会津《あいづ》はそば作りがさかんだったから、おそばがとってもおいしいのよ～」

ママは、打ちたてのみずみずしいそばをすすりながら、大喜《おおよろこ》びだ。

あたしは、天ぷらセットの中から、丸い形の天ぷらを選び、めんつゆにちょっとひたして口に運んだ。さくっとした衣《ころも》の中には、なんと、甘《あま》いあんこが入っている。

「何これ！　甘じょっぱくて、めちゃくちゃおいしい！」

おどろくあたしに、ママが「でしょ！」と、まんぞくそうに笑った。

「会津《あいづ》名物の、おまんじゅうの天ぷらよ。となりの天ぷらも食べてみて」

あたしは、ママにそうすすめられて、四角い形の天ぷらも食べてみた。ちょっと歯ごたえがあって、お魚のうまみがじゅわっと口に広がった。

「うわ、これも、めちゃくちゃおいしい！」

目を見はるあたしに、ママはとくいげにいった。

「それは、干物《ひもの》のニシンの天ぷらなのよ。会津は海から遠かったから、干物のニシンを、工夫《くふう》をこらしておいしく食べていたのね。さあ、明日は何を食べようかな？」

ママは、目の前のごちそうを全部たいらげると、スマホを手に、熱心に調べ始めた。

あたしも、おいしいものを食べるのは好き。でも、とどまるところを知らない、ママの食欲《しょくよく》につき合うのは、はっきりいってしんどい。

おなかがいっぱいになると、パパは、フロントでもらってきたチラシを、畳《たたみ》の上にひろげた。たちまち、部屋中が、チラシのカラフルな色でうめつくされる。

「会津《あいづ》の侍《さむらい》たちの歴史《れきし》を知るためにも、まず、武家屋敷《ぶけやしき》から見学だな」

そういうパパの目は、はやくもらんらんとかがやいている。明日も一日、パパに連れまわされるのかと思うと、うんざりしてきた。

ふと、あたしの目が、一枚《いちまい》のチラシにとまった。

「子どものための〝地元体験〟ワークショップ。自分だけの赤べこを作りませんか？」とかいてあり、赤い色をした、かわいらしい牛の人形の写真がのっていた。

チラシによれば、赤べことは、紙を張《は》り合わせて作る、張り子人形で、「べこ」とは「牛」のことをいうらしい。そっか。赤い牛だから、赤べこなんだ。

ワークショップでは、職人《しょくにん》さんによる張り子人形作りを見学し、自分で赤べこの色ぬりをして、お土産《みやげ》に持たせてくれるという。しかも、小学生だけの集まりだ。

あたしは、心を決めた。パパとママにつきあわされるのは、もうたくさん！

さっそく、ママにチラシを見せた。

「ねえ、ママ。あたし、このワークショップに行きたい！　歴史《れきし》やグルメより、ワークショップで赤べこ作りのほうがいい。ママも、パパとふたりでゆっくりと見物をして、おいしいものをたくさん食べてくればいいよ」

「茜《あかね》がそんなに行きたいなら、しかたがないわ。でも、くれぐれも、ほかの子たちに、いたずらをしちゃだめよ」

「は〜い」と返事をしたけれど、ママのいうことなんか、無視《むし》、無視！

ママは、さっそく電話で、ワークショップの参加を申しこんでくれた。

次の日、あたしは、スーツケースの中から、お気にいりの水色のシャツと白のキュロットを選んで着た。ワークショップに、かっこいい男子がくるかもしれないもんね！

フロントでは、みちのくエージェンシーの四角美佳《しかくみか》さんという女の人が、あたしを待っていた。びしっとした黒のスーツ姿《すがた》で、いかにも仕事ができそうだ。

美佳さんは、にこりともせずに、ホテルの前にとまっていた黒い車を指さした。

「二瓶茜《にへいあかね》さんですね。この車で工房《こうぼう》まで送ります」

車に乗りこんだとたん、ぎくりとした。運転手の男の人は、サングラスとマスクをしていて、なんだか変な感じ。しかも、車の中で、美佳《みか》さんも男の人も、ひとことも話さない。

ますます、変な感じ……！

ワゴン車は、温泉街《おんせんがい》を出て山の奥《おく》へと向かっていった。しばらくすると、古びた、木づくりの小屋の前についた。「張《は》り子工房《ここうぼう》：穴沢《あなざわ》」と看板《かんばん》が出ている。

工房の棚《たな》には、赤べこのほかに、色とりどりの、張り子人形がかざってある。

ネズミ、ウサギ、サル、イヌ、ってことは、お正月にかざる、干支《えと》の人形だ。

あたしは、自分の干支のトラを手にとった。赤べこと同じように、首がかくかくと動くように作ってあり、表情《ひょうじょう》も、どことなくユーモラスだ。

反対側の壁《かべ》には、張り子のお面がたくさんかざられている。天狗《てんぐ》もキツネも、みんなどこか、とぼけた表情《ひょうじょう》をしている。ちょっと残念だなあ。あたしだったら、天狗やキツネなら、もっとあやしく、すごみのある表情にするのにな。

そう思ってながめていたら、美佳さんが「こちらが、職人《しょくにん》の穴沢さんです」と、あたしの肩《かた》をポンとたたいた。

はっとしてふり向くと、白髪頭《しらがあたま》に若草色《わかくさいろ》のバンダナをまき、青いハッピを着たおじいさんが立っていた。

　美佳《みか》さんが、あたしをぐっと前に押《お》し出した。

「穴沢《あなざわ》さん、この子が二瓶茜《にへいあかね》さんです。よろしくおねがいします」

　あたしが、ぺこりとおじぎをすると、穴沢さんは、目じりのさがった目を細くしながら、

「茜ちゃん。ようこそ、おいでなし」と、にっこりほほえんだ。

「さあて、これで全員そろったなし。みんな、前の方に集まってくなんしょ」

　穴沢さんがパンパンと手をたたくと、一〇人ぐらいいるだろうか、小学生たちがぞろぞろと、穴沢さんの作業台の周りに集まった。あたしは、その中のひとりに、目がくぎづけになった。色白に目がパッチリの、アイドルみたいな男子がいるではないか。

　思わず見とれちゃったけど、すぐに、首を横にふった。バカバカ、何ぼ～っとしてんのよ。あれ、そういえば美佳さんは？　気になってふり返った時には、さっきまでいたはずの美佳さんの姿《すがた》は、どこにもなかった。

　だまって帰っちゃうなんて……。そういえば、何時に迎《むか》えに来てくれるのかを、美佳さんから聞いたっけ？　ちゃんと迎えに来てくれるよね……。

ちょっぴり不安になったけれど、すぐに、会場の楽しそうなふんいきに、気持ちがひきもどされた。

「まず、赤べこの張《は》り子《こ》を作っからなし。見っててくなんしょ」

穴沢《あなざわ》さんは、作業台の上に、牛の頭と胴体《どうたい》の形をした、木製《もくせい》の型《かた》を取り出した。次に、のりをつけた紙を、型の上に、張り重ねていった。

「うわあ、さすが職人技《しょくにんわざ》だ～」

仕事の手際《てぎわ》の良さに、みんなが歓声《かんせい》をあげた。

穴沢さんは、「これは、あらかじめ乾《かわ》かしておいた、牛の胴体だよ」と、棚《たな》から張り子を手にとった。背中《せなか》の部分をナイフで切り、中から木の型《かた》を取り出すと、中が空っぽの、牛の胴体の張り子が残った。

「なるほど～、張り子ってこうやって作るのか～」

みんなが、口々に感心する。あたしも、まるで手品でも見ているような気持ちになった。

次に、穴沢さんは、張り子の上に、白い液体《えきたい》をぬりながらいった。

「白い液は、貝殻《かいがら》をくだいた粉《こな》とノリを合わせたもので、胡粉《ごふん》というだ。ほれ、おめだぢの母ちゃんも、下地ファンデーションていうのを、せっせと顔にぬってっぺ。それとおんなじだ」

みんなが、どっと笑った。あたしも、ママがねんいりにお化粧《けしょう》している姿《すがた》を思いうかべて、ぷっとふきだしてしまった。

「何度もぬり重ねて乾《かわ》かしたのが、これだよ」

穴沢《あなざわ》さんは、そういいながら、工房《こうぼう》のすみから、段《だん》ボールの箱をもってきた。箱の中には、白い頭と胴体《どうたい》の張《は》り子《こ》がびっしりと並《なら》んでいる。

穴沢さんが、みんなに、白い頭と胴体をひとつずつ配った。手に持つと、とても軽い。そうか、紙でできているうえに、中は空っぽだからだ。

「まず、昔ながらの赤べこを作ってもらうべな。がんばっせ」

「ようし、がんばるぞ〜！」

みんなは、頭と胴体の張り子を手に、自分のテーブルに向かった。テーブルの上には、筆《ふで》と、赤色、青色、黄色、金色、黒色、白色など、いろいろな絵の具がそろえてある。

あたしは、さっそく、筆に赤色をふくませた。

でも、乳牛《にゅうぎゅう》は白黒もようだし、和牛は黒い色だよね。どうして牛を赤くぬるんだろう。

そう思った時、穴沢《あなざわ》さんが、ゆっくりと話を始めた。

「赤べこの赤色には、厄除《やくよ》けの意味があるんだなし。昔は、疫病《えきびょう》などの災《わざわ》いから身を守るために、お守りとして、赤べこをそばさ置いておいたんだ」

ふうん、赤べこには、そんないわれがあるのか。

あたしは、胴体《どうたい》を赤くぬっていった。みんなも集中しているのか、おしゃべりもせずに、色をぬっている。みんなの間を歩きながら、穴沢さんが、ゆっくりと話を始めた。

「厄除けっていえば、会津《あいづ》地方には、いろいろな妖怪《ようかい》がいてなし」

とたんに、「そ、その話って……!」とおびえたような声がした。

声の主は、アイドルみたいな男子だった。穴沢さんは苦笑いをした。

「心配ねえよ。万里生《まりお》くん。今からすんのは、いたずらもののベロナガの話だがらなし」

ふうん、あの子、万里生っていうんだ。きれいな顔をしているのに、おどおどして変な感じ。イメージがくずれちゃう。

がっかりすると同時に、あたしは、ピンときた。あの子って、ぜったい怖《こわ》がりだよ。とたんに、いたずら心がむくむくとわきあがってきた。あたしが何より好きなことは、怖《こわ》がりの子をもっと怖がらせること！

穴沢《あなざわ》さんは、話をつづけた。

「ベロとは、舌《した》のことだ。このベロの長い妖怪《ようかい》は、とんだ、いたずら好きだった。長いベロを使って、沼《ぬま》や川の水を全部吸《す》いあげてしまっただ」

「それじゃ、みんな困《こま》っちゃうね」

だれかがいうと、穴沢さんは深くうなずいた。

「んだ。畑も田んぼも干《ひ》からびて、食べるものも無くなっちまっただ。そこさ、えらい坊《ぼう》さまがやって来て、ベロナガに、『私《わたし》とどちらの舌《した》が長いか比《くら》べてみよう』といっただ。ベロナガが調子にのってベロを出すと、すかさず、坊さまが縄《なわ》でベロをしばりあげ、二度と悪さができないようにしたんだとさ」

「なんか、まぬけだなあ。妖怪なのに、ぜ〜んぜん怖くな〜い！」

みんなが、クスクスと笑う。あたしもそう思った。妖怪なら、もっとすごみがなくちゃ！

「穴沢《あなざわ》さん、会津《あいづ》には、もっと怖《こわ》い妖怪《ようかい》いないの？」

あたしがそういうと、穴沢さんは、「そりゃあ、いるけどなあ……」と言葉をにごした。

「万里生《まりお》くん、怖い妖怪の話をしてもいいべか？」

穴沢さんがたずねると、万里生くんはうつむきながら、「いいよ……」と、今にも泣きそうな声で返事をした。もう、妖怪の話ぐらいで、そんなに大げさなリアクションしないでよ。そういいたかったけど、ぐっとがまんした。

穴沢さんは、「なら、すっか」というと、次の話を始めた。

あたしたちは、赤くぬった胴体《どうたい》や頭に、模様《もよう》や目鼻をかきながら、穴沢さんの話に耳をかたむけた。

「むか～し、会津若松《あいづわかまつ》の諏訪《すわ》神社に、朱《しゅ》の盤《ばん》という妖怪が出るといううわさがあったと。ある夕暮《ゆうぐ》れ時、荒《あ》らくれ者の侍《さむらい》が、神社のあたりを歩いていた。すると、後ろから男の子がタッタタッタッと走ってきて、侍をおいこしていったんだと。その男の子は、目鼻だちのととのった、それは美しい顔をしていたんだと」

そういえば、ここにも、きれいな顔の男子がいたっけ。万里生くんをちらりと見ると、不安げに目をきょろきょろさせている。早くも、怖《こわ》がっているんだ。あきれちゃう！

穴沢《あなざわ》さんは、話をつづけた。

「侍は、男の子をよびとめると、その背中《せなか》に向かって、『おぬしは、このあたりに出るという妖怪を知っているか？』とたずねた。すると、男の子は、『はい、よく知っております』と返事をして、くるりとふり返ったと」

みんなの筆《ふで》の動きがぴたりと止まった。穴沢さんの顔が急にまじめになり、おっとりとしていた声が別人のように、野太い声になったからだ。

「そのとたんに、侍は、『ギャ！』とさけぶなり、気を失ってしまった。美しかったはずの男の子の顔は真っ赤で、金色の大きな目がぎらぎらと光っている。額《ひたい》に生えた角、針《はり》のようにとがった髪《かみ》、そして、口は、耳のわきまでぐわっとさけているではないか」

みんなは、ひとこともしゃべらない。きっと、妖怪《ようかい》の顔を想像《そうぞう》して、ぞくぞくしているんだよ。万里生《まりお》くんの、筆を持つ手が細かくふるえている。

「その男の子が、朱《しゅ》の盤《ばん》だったってこと？」

あたしが聞くと、穴沢さんは、ぞっとするほど低い声で、「んだ……」といった。

「それから、どうなったの？」

あたしがつづきをさいそくすると、穴沢《あなざわ》さんは、声をしぼりだすように話し始めた。

「目が覚《さ》めた侍《さむらい》は、あわてて起きあがった。近くにある家にかけこむなり、『朱《しゅ》の盤《ばん》が出た！』とさけんだ。すると、中にいた女が、「はて、それは、こんな顔でしたか？」とふり返った。その顔は……」

みんなが、ごくりとつばを飲む音がした。

「朱の盤そのものだったとさ！」

穴沢さんがそういったとたん、みんなが、「こえ〜」と声をあげた。

そこに、蚊《か》の鳴くような声がした。

「侍は……、それから、どうなったの？」

声の主は、万里生《まりお》くんだった。穴沢さんは、目をひゅっと細めていった。

「そのまま気を失って、死んでしまっただ」

万里生くんは、なぜか、穴沢さんに念を押《お》すようにいった。

「侍は、死んじゃったんだね」

「んだ、朱《しゅ》の盤《ばん》に会って気を失えば、二度めには死んでしまうだよ」

あたしは、ぎくりとした。万里生《まりお》くんが、あたしの方をちらりと見たからだ。なぜか、ひどく悲しそうな目で……。

「わりなっし。怖《こわ》がらせてしまったかな」

穴沢《あなざわ》さんの声は、すっかり、やさしい声にもどっている。

「穴沢さん、お話し上手だったよ～」「昔話の語《かた》り部《べ》みたい。かっこいい～」

みんながそういうと、穴沢さんは「子どものころに、じいちゃんやばあちゃんから、話を聞いて育ったからだべな」と、うれしそうに笑った。

穴沢さんは、パンパンと手をたたいて、みんなを見回した。

「さあて、みんな。赤べこはできたかなし？」

「は～い、できました～！」

みんなが、いっせいに手をあげると、穴沢さんは、ひとりひとりの赤べこを手にとっては、「じょうずだなあ」とほめて回った。

穴沢さんは、箱の中から、また、白い頭と胴体《どうたい》を取り出して配り始めた。

「みんな。ふたつ目のべこは、自分たちの好きな色をぬったり、模様《もよう》もかいていいからな」

「それって、青や黄色もオーケーってこと？」

みんながさわぎだすと、穴沢《あなざわ》さんは、「もちろん、いいよ」とうなずいた。

あたしは、不満だった。また同じことするのは、つまんない。あ、そうだ！

さっそく、穴沢さんの所へ行ってたのんでみた。

「穴沢さん、あたし、赤べこじゃなくて、お面に色ぬりをしてみたいの。そのぶんのお金をはらうから、いいでしょ？」

一瞬《いっしゅん》、穴沢さんの目が、チカっと光ったような気がして、どきっとした。けれども、穴沢さんはすぐに、「いいよ。どれにすっかし？」と、やさしくうなずいてくれた。

あたしは、おかめのお面を選ぶと、作業机《さぎょうづくえ》のはじっこに移動《いどう》し、他の子たちからかくれるようにして色をぬり始めた。

まず、赤い色を筆《ふで》にとり、白いお面を真っ赤にぬっていく。目はぎょろりと大きく金色にぬる。銀色の髪《かみ》の毛をかき、おでこに白い筋《すじ》をかくと、まるで、角が生えているみたいに見える。あたしは、夢中《むちゅう》で色をぬった。背中がぞくぞくしてたまらなかった。

他の子たちは、お互《たが》いの色ぬりをのぞきっこしながら、楽しそうに笑いあっている。

「あたしは、青ベコにしたの。きれいでしょ?」

「かっこいい! ぼくのも見てよ。水玉模様《もよう》だぜ!」

もちろん、あたしも笑っていた。もうすぐ、このお面をつけて、万里生《まりお》くんをおどかしてやるんだ。きっと、腰《こし》をぬかすほどびっくりするよ。アハハハハ!

そこに、一二時を知らせるチャイムが鳴った。穴沢《あなざわ》さんは、みんなによびかけた。

「みんな、お昼だよ。となりの部屋さ弁当《べんとう》がきてっから、準備《じゅんび》してなし」

「は〜い」

みんなは、どやどやと、となりの部屋に向かった。工房《こうぼう》の中に残っているのは、まだ色ぬりをつづける万里生くんとあたし、そして、片《かた》づけをする穴沢さんだけになった。

いそいで仕あげだ。最後に、耳までさけた口とギザギザの歯をかいていく。

「よし、できた!」

あたしは、お面をつけると、そっと万里生くんの後ろにまわった。万里生くんは、まだ色ぬりに集中しているらしく、まったく気づいていないようだ。

あたしは、万里生《まりお》くんの背中《せなか》をポンとたたいた。アハハハハ！　もうすぐ、万里生くんがすごいさけび声をあげるよ！　アハハハハ！

あれ？　万里生くんが、びくりともしない。まるで石のように固まっている。おかしいな……。あたしは、もう一度、背中をポンとたたいた。

すると、「なあに？」と声がして、万里生くんがゆっくりとふりむいた。

「ギャア～！」

さけんだのは、あたしの方だった。

万里生くんの顔は真っ赤だ。大きな金色の目はぎらぎらと光り、耳までさけた口からギザギザの歯がのぞいている。針《はり》のような髪《かみ》の毛に、おでこに生えた角！

しゅ、しゅ、朱《しゅ》の盤《ばん》！　あたしは、恐怖《きょうふ》のあまり、その場に立ちつくした。

「ねえ、どうしたの？」

万里生くんは、歯をガチガチと鳴らしながらそういった。

「ぼくの顔になんかついている？」

万里生《まりお》くんが、あたしの手をぎゅっとつかむと、自分の顔に押《お》し当てた。耳までさけた口から、熱い息がしゅうしゅうとふき出して、あたしの手にかかる。万里生くんの顔は、お面じゃない。本物だ！

「ギャア〜！」

あたしは、自分がつけていたお面をはぎとると、万里生くんに投げつけた。

穴沢《あなざわ》さんのもとへ走り、青いはっぴの背中《せなか》にだきついた。

「穴沢さん、た、助けて！　しゅ、しゅ、朱《しゅ》の盤《ばん》が！」

穴沢さんは、ゆっくりとふり返った。

「さあて、朱の盤とは、こんな顔だったかなし？」

その瞬間《しゅんかん》、全身の血の気がひいた。

穴沢さんの顔は真っ赤で、口は耳までさけ、キバがガチガチと音を立てている。

朱の盤だ！　頭がくらっとしたかと思うと、目の前が真っ暗になった。

「どうしたの？」「だいじょうぶ？」

みんなが、がやがやと集まってくる声がして、はっと目が覚めた。あたしは、気を失っていたんだ……。でも、みんなが来てくれたから、もうだいじょうぶ！

「み、みんな、助けて！」

立ちあがると同時に、全身にささ～っと鳥肌《とりはだ》がたった。

「ギャア～！」

あたしの周りにいるのは、さっきまでいっしょにいた小学生。ちがう、真っ赤な顔の、朱《しゅ》の盤《ばん》たちだ。みんな、キバをガチガチと鳴らしながら、あたしをとり囲《かこ》んでいる。

「いやあ～！」

あたしは、近づいてくる朱の盤たちをつきとばすと、工房《こうぼう》のドアに飛びついた。力をふりしぼってドアを開け、そのまま外に飛び出した。

にげろ！　にげろ！　早く！　早く！

恐怖《きょうふ》で体に力が入らない。足ががくがくして、自分が、いったいどこを走っているのかもわからない。ただ夢中《むちゅう》で、前へ前へと走りつづけた。朱の盤からのがれるために！

どれくらい走っただろう。気がつくと、あたりはしんと静まり返っている。ずいぶん遠くまで来たような気がする。あたしは、走るのをやめた。

深く息をはいてから見回してみると、あたりにはうすい霧《きり》が立ちこめていた。霧のあい間から、生《お》い茂《しげ》る木々が見える。足元からは、草の青いにおいや土のにおいもする。

そっか、あたしは、山の中を走っているんだ……。

でも、ここから、どうやったらホテルにもどれるの？

あたしを工房《こうぼう》まで送ってくれた、美佳《みか》さんはいったいどこ？

パパ、ママ、お願い、あたしを助けにきて！

心細さのあまり、涙《なみだ》がこぼれそうになった。けれども、もう、あともどりはできない。とにかく、前に進むしかないのだ。

不思議なことに、山の中は、ぶきみなほど静かだ。セミの鳴き声も、鳥のさえずりも聞こえない。あたしが、土や小枝《こえだ》をふみしめる音だけが、ザクザクとひびいている。

「あれ？　なんの音だろう？」

あたしは、耳をすました。コポコポ……。音のする方へ進むと、地面に水たまりが見えた。

なんてきれいな水！　泉《いずみ》がわいているんだ。

とたんに、のどがからからだったことに気がついた。

「よかった。水でも飲んで、少し落ち着こう……」

あたしはしゃがみこむと、泉《いずみ》の水を両手ですくおうとした。

その瞬間《しゅんかん》、ひゅっと息をのんだ。

「しゅ、しゅ、朱《しゅ》の盤《ばん》？」

泉の水の中から、朱の盤がにやにやと笑いながら、あたしを見ている！

しかも、あたしのお気に入りの、水色のシャツと白のキュロットまで着て……！

まさか、水に映《うつ》っているのは、あたしってこと？　う、うそだよね……。

あたしは、ぷるぷるとふるえる両手で、自分の口をさわった。のこぎりのような歯がチクチクと指先にふれ、熱い息がしゅうしゅうと手にかかる。

「ギャア～！」

あたしは、大きな悲鳴をあげた。

ギャア～……、ギャア～……、ギャア～……、ギャア～……。

山の中に、あたしの悲鳴が幾重《いくえ》にもこだましていく。

とつぜん、あたしをとり囲《かこ》むように、奇妙《きみょう》な音が聞こえてきた。

ガチガチガチ！　朱《しゅ》の盤《ばん》が歯を鳴らす音だ！

頭がくらっとして、思わずよろめいた。

そのまま意識《いしき》を失いそうになるのを必死でこらえると、夢中《むちゅう》で走り出した。

白い霧《きり》がたちこめる山の中を、朱の盤が歯を鳴らす音が、ガチガチガチと追いかけてくる。

あたしの頭には、万里生《まりお》くんと穴沢《あなざわ》さんの会話が何度もよみがえっていた。

――侍《さむらい》は、死んじゃったんだね。

――んだ、朱の盤に会って気を失えば、二度めには死んでしまうだよ。

そう、どんなに恐《おそ》ろしくても、あたしは逃《に》げつづけなくちゃいけない。

あたしは、朱の盤に会って、すでに一度気を失った。

次に気を失ってたおれたら……。

その時は！


（堀米薫《ほりごめかおる》・文）

4　サムトの婆《ばば》

二戸《にのへ》穂波《ほなみ》（小学五年生）

「材料は、タカキビという穀物《こくもつ》の粉《こな》と塩だけです。まずは粉をこのこね鉢《ばち》に……」

稗田《ひえだ》ヨシさんはそういうと、調理台の上に外側が黒、内側が赤くぬられた、大きな鉢を取り出した。

白髪《しらが》頭《あたま》に三角巾《さんかくきん》をかぶり、白いエプロンをした稗田さんは、ぼくのおばあちゃんよりもずっと年上みたいだけど、声は大きいし、動きもきびきびしている。

ここは、岩手県北部の山あいの町にある「深山《みやま》ふるさと塾《じゅく》」の「家庭科室」だ。

この施設《しせつ》は、一〇年ほど前に廃校《はいこう》になった深山小学校の木造校舎《もくぞうこうしゃ》をそのまま利用しているため、教室の入り口には、「一年一組」とか、「職員室《しょくいんしつ》」とか、当時使われていた表示《ひょうじ》板《ばん》がそのまま残っている。

ちなみに、ぼくと同じ「五年一組」の教室は、床《ゆか》に畳《たたみ》が敷《し》かれた宿泊室《しゅくはくしつ》になっていた。

「このように、ダマにならないよう、ふるいながら入れます」

銀色の粉《こな》ふるいを右手に、タカキビの粉が入ったボウルを左手に持ち、稗田《ひえだ》さんはなれた手つきで粉をふるいはじめる。こね鉢《ばち》の底に、灰色《はいいろ》がかった粉がさらさらと降《ふ》りつもる。

その様子を、ぼくら「雑穀《ざっこく》料理づくり体験」の参加者は興味津々《きょうみしんしん》で見つめている。

参加者は、全部で八人。ぼく以外は全員女の子で、全員宮城県の子たちだ。

ワークショップが始まる前にした簡単《かんたん》な自己紹介《じこしょうかい》で、七人は同じバレーボールクラブのチームメイトで、深山温泉《みやまおんせん》に泊《と》まっているといっていた。

昨日は練習試合、今日はこの「子どものための〝地元体験〟ワークショップ」に参加して、明日、宮城に帰るのだという。

他のチームメイトたちは、「裂織《さきおり》体験」とか「竹細工づくり体験」とか「漆器《しっき》のつや出し体験」とかに行っているらしい。つまり、ここにいる子たちは、チームの中でも特に食べ物に興味がある子たち、ひらたくいうと「食いしん坊《ぼう》なヤツら」ってことだ。

「この粉に塩をひとつまみ入れたら、熱湯を少しずつ注いで、しゃもじでよく混《ま》ぜ合わせます」

手早くかき混ぜているうちに、粉《こな》はねっとりしはじめる。色も少し濃《こ》い灰色《はいいろ》になる。

「あるていど混ざったら、今度は手でこねます」

しゃもじを置いた稗田《ひえだ》さんは、こね鉢《ばち》を左手でおさえると、右手で粉をこね始めた。

こね鉢の縁《ふち》にたまった粉をまんなかに集めながら、手のひらで手早くこねてゆく。

「熱くないんですか？」

調理台をぐるりと取り囲《かこ》んだ女子たちの中から、声が上がった。

質問《しつもん》したのは、背《せ》の高い女の子だ。首から下げたネームプレートには、「六年　春花《はるか》」と書いてある。

六年生にもなって、バカなの？

熱湯を注いでるんだから、熱くないわけがないじゃん！

「熱いですよ」

稗田さんが、微妙《びみょう》な顔で笑った。「苦笑い」ってやつだ。

ほらね。熱いに決まってんじゃん！

ちらっと春花《はるか》を見たら、ものすごい顔でにらまれた。

へへっと笑ってごまかしたら、ぷいっとあからさまにそっぽを向かれた。

平気だ。こんな反応《はんのう》、教室ではいつものことだから。

別にいじめられているわけじゃない。けど、友だちはひとりもいない。つくる気もない。

いいんだ、学校は勉強するところだから。

ただ、いつかすごいことをして、あいつらを見返してやる！　とは思ってる。

「生地《きじ》がまとまってきたら、よくこねます。よくこねることで、弾力《だんりょく》が生まれます」

こね鉢《ばち》を回しながら、手のひらで生地をつぶすようにしてこねている。

だいぶ力を入れているらしく、稗田《ひえだ》さんはひたいに汗《あせ》をにじませている。

しばらくすると、生地をまんなかにまとめはじめた。生地の表面は、つやつやしている。

「かたさの目安は耳たぶぐらいです。これを５００円玉ぐらいの大きさにちぎって丸めたら……」

生地のはしを両手で延《の》ばすと、ちょんと引きちぎって、粉《こな》をふってくるくる丸める。

「仕上げに、まんなかをへこませます」

ボール状《じょう》の生地《きじ》を親指の腹《はら》でぎゅっと押《お》すと、まんなかがきれいにへこんだ。

「わあ」「おへそみたい」

みんなの目は、稗田《ひえだ》さんの手元にくぎづけだ。――でも、ぼくはちがう。

ぼくだけは、稗田さんの顔を見つめている。っていうか、観察している。

そもそも、雑穀《ざっこく》料理づくりなんかに興味《きょうみ》はない。ぼくが興味があるのは稗田さんだ。

夕べ、泊《と》まっている民宿のおじさんが教えてくれたんだ。ぼくが「不思議な話が大好き」といったら、「子どものための〝地元体験〟ワークショップ」のチラシをくれて、「だったらこの稗田さんのワークショップに参加してみたら？　きっと面白《おもしろ》い話がきけると思うよ」って。「稗田さんは、新聞にのるぐらい不思議な体験をした人なんだよ」って。

「この団子《だんご》を、あらかじめ作っておいた甘《あま》い小豆汁《あずきじる》の鍋《なべ》に入れて煮《に》ます。団子がうき上がってきて、表面がふわっとふくらんできたら、できあがりです」

稗田さんは、おへそみたいにまんなかがへこんだ団子を、てのひらに乗せてころんところがして見せた。

「うき上がってきたところを食べるので『うきうきだんご』とよぶ地域《ちいき》もありますが、この辺りでは『へっちょこだんご』とよんでいます」

たちまち「あはは」と笑い声が上がる。

「どうして『へっちょこだんご』なんですか？」

質問《しつもん》したのは、また春花《はるか》だ。こいつはチームのリーダー的な存在《そんざい》らしい。

「この辺りの方言に、『へっちょこはかせやした』という言葉があります。『ご苦労かけました』という意味です。この団子《だんご》は、農作業がひと段落《だんらく》した庭仕舞《にわじまい》にふるまわれることが多かったので、『へっちょこだんご』とよばれるようになったといわれています。ほかに、『かたちがおへそに似《に》ているから』という説もあるんですよ」

「おへそ」で、またみんなが笑った。

ったく、子どもじゃないんだからさぁ。いちいち反応《はんのう》するなよなー！

心の中でつぶやいた瞬間《しゅんかん》、春花がまたぼくをにらみつけた。

おかしいなぁ、声には出していなかったはずなんだけどなぁ。

「では、これからみなさんに、実際《じっさい》に『へっちょこだんご』をつくってもらいます。まずは手を洗《あら》ってきましょう。手洗い場は廊下《ろうか》の端《はし》にあります。ついてきてください」

「はーい」

返事をすると、みんなは稗田《ひえだ》さんにしたがい、ぞろぞろと家庭科室を出ていった。

と、思ったら、中のひとりが回れ右をして、つかつかと近づいてきた。——春花《はるか》だ！

春花は、怖《こわ》い顔で目の前に立ちふさがると、腰《こし》に手を当ててぼくを見下ろした。

「あんたさあ、思ってることがダダ漏《も》れなのよ。みんなをバカにしてるのが、そのまんま顔に出てるの！　東京から来たからって、えらそうな顔しないでよね。ほんとやな感じ！」

いうだけいうと、くるりと身をひるがえし、パタパタと廊下《ろうか》に飛び出していった。

「おや、どうしました？　何かトラブルでも？」

春花と入れかわるように、家庭科室に黒いスーツ姿《すがた》の女の人が入ってきた。このワークショップを企画《きかく》した、みちのくエージェンシーの四角美佳《しかくみか》さんだ。その後ろには、ここへ来るときにマイクロバスを運転していた男の人もいる。黒いスーツに、マスク、建物の中だというのにサングラスをかけ、帽子《ぼうし》をかぶっている。

今朝、迎《むか》えに来てくれたときも思ったけど、この二人は相当怪《あや》しい。何もかも黒づくめだし、にこりともしないし。——ぼくとしては、望むところだからいいんだけどさ。

「いえ、別になんでもありません」

このワークショップが終わったら、稗田《ひえだ》さんから「不思議な体験」の話を聞き出して、できればぼくもそれを体験したいと思っている……というのは、ないしょだ。

「そうですか。では、引きつづきワークショップを楽しんでくださいね」

ニッと笑うと、四角《しかく》さんたちは出ていった。

今日はこの「深山《みやま》ふるさと塾《じゅく》」で、「雑穀《ざっこく》料理づくり体験」の他にも、三つのワークショップがおこなわれている。その教室を、順々に見回っているらしい。

「さてと、そろそろ手洗《てあら》い場も空《す》いてきた頃《ころ》かな」

家庭科室を出ようとした、その時だ。四角さんが立っていた辺りに、何かが落ちているのを見つけた。折り紙ほどの大きさの黄色みがかった古びた紙……新聞の切り抜《ぬ》きだ。

四角さんが持っていたファイルから落ちたらしい。拾い上げようとした瞬間《しゅんかん》、

「え?」

見出しの文字が目に飛《と》びこんできた。

そこには、太い文字でこう書いてあった。

『現代《げんだい》のサムトの婆《ばば》？　深山《みやま》の稗田《ひえだ》ヨシさん、行方《ゆくえ》不明から五五年ぶりに帰宅《きたく》』

「サムトの婆」って？　五五年ぶりに帰宅って？

＊＊＊＊＊＊＊

五五年前、自宅《じたく》近くで行方不明になったとされていた稗田ヨシさん（六六）が、八月三日、深山町登戸《のぼと》の自宅に戻《もど》ってきた。

当時一一歳《さい》だった稗田さんは、自宅近くの梨《なし》の木の下で遊んでいたところ、木の下に靴《くつ》を残したまま消息を絶《た》った。すぐに大規模《だいきぼ》な捜索《そうさく》活動が行われたが、見つからなかったため、行方不明者として扱《あつか》われていた。

稗田さんは、ぼろぼろの衣服を着て、消息を絶ったのと同じ梨の木の下に立っていた。行方不明になっていた五五年間の記憶《きおく》は一切《いっさい》ないが、健康状態《じょうたい》は良好だという。

この家に住む稗田《ひえだ》さんの弟の総一郎《そういちろう》さん（六五）は、「家の者はみな『サムトの婆《ばば》』のようだと驚《おどろ》いています。とにかく戻《もど》ってきてくれたのはよかったです」と話した。

【サムトの婆とは】

柳田國男《やなぎたくにお》の『遠野物語《とおのものがたり》』にある伝説。

昔、遠野の寒戸《さむと》の民家で行方《ゆくえ》不明になった若《わか》い娘《むすめ》が、三十数年後に老婆《ろうば》の姿《すがた》となって帰ってくる。しかし、ある日、再《ふたた》び姿を消す。風の強い日だったという。

＊＊＊＊＊＊＊

そうか、これが民宿のおじさんがいっていた、稗田さんの「新聞にのるぐらい不思議な体験」だったんだ。

「よかった」と思った。これで稗田さんに話を聞く手間がはぶける、って。

ぼくは、改めて新聞の切り抜《ぬ》きを見つめた。

稗田さんは、伝説の「サムトの婆」より二〇年も長い、五五年もの間、行方不明だった。

――これは……ある！　何かある！

記憶《きおく》がないなんて、たぶんうそだ。稗田《ひえだ》さんはぜったいに何かを隠《かく》してる！

ワクワクしてきた。目的地に向かう、秘密《ひみつ》の近道を見つけたような気分だ。

――目的地。そう、ぼくにはだれにもないしょの目的地がある。

去年の夏ごろ、小学生が六人いっぺんに行方《ゆくえ》不明になったニュースがテレビで流れた。

学校でも話題になったから、よく覚えている。クラスの奴《やつ》らは、「こわーい！」とか
「妖怪《ようかい》のせいじゃね？」なんて大騒《おおさわ》ぎしてたけど、ぼくは「ちがう」と思ってた。

この世界には時空のひずみみたいなところがあって、どこかにその入り口があるんだ。

行方不明になった子たちは、たまたまそこに入りこんだ。そしてそこにはきっと別の世界
があるんだ。もう二度と帰りたくなくなるぐらい、すばらしい異世界《いせかい》が。……たぶん。

ぼくは、そこに行きたいと思っている。

行くだけじゃない。行って、また帰って来たい。――大冒険《だいぼうけん》だ。

異世界の冒険から帰って来たら、クラスの奴らも、きっとぼくを見直すだろう。

クラスの奴らだけじゃない。いつもぼくをバカにしている姉ちゃんや妹の千夏《ちなつ》もだ。

ぼくがすごい奴だってことがわかって、きっとちやほやしはじめるだろう。

ぼくと友だちになりたい奴も、あらわれるかも知れない。

異世界《いせかい》に行けば、きっと何もかもが変わる。帰ってきたら、ヒーローだ。

ぼくという存在《そんざい》を、家族が、学校が、日本中、いや世界中のだれもが認《みと》めるはずだ。

小学生が何人も行方《ゆくえ》不明になったというニュースを見たとき、異世界への入り口は、東北にあると確信《かくしん》した。中でも、座敷《ざしき》わらしが棲《す》んでいる宿とか、河童《かっぱ》が棲んでいる川とかがある岩手県が怪《あや》しいと思った。

異世界への入り口を見つけるために、ぼくは夏休みの家族旅行の目的地を、無理やり岩手にしてもらった。宿も、ホテルとかじゃなくて、古い民宿をリクエストした。できれば座敷わらしとかがいそうな民宿に、って。

姉ちゃんと千夏《ちなつ》と母さんには、「もっとオシャレなところがいい!」と大反対された。で、結局、一日目は民宿「深山荘《みやまそう》」、二日目は同じ深山町内にある「みやまグランドリゾートホテル」に泊《と》まることになった。

たぶん今ごろはもう三人とも、父さんの車でホテルの方に移動《いどう》しているはずだ。

ぼくもこのワークショップが終わったら、四角《しかく》さんたちにホテルに送ってもらうことになっている。……といっても、帰る気はない。だって、ぼくは異世界に行くんだから。

「ありがとうございましたー！」「お世話になりましたー！」「また来まーす！」

かたむきかけたひざしの中を、マイクロバスのエンジン音とともに、にぎやかな声が遠ざかっていく。「子どものための〝地元体験〟ワークショップ」の参加者たちを乗せたバスはこれから、それぞれが宿泊《しゅくはく》している宿へと向かうんだ。

ぼくはひとり、校庭の片隅《かたすみ》のブランコに座《すわ》って、それを見送っている。

四角《しかく》さんには、「急に父さんが迎《むか》えに来てくれることになった」と伝えた。

もちろん、うそだ。稗田《ひえだ》さんが建物から出てくるまで、ここでねばるつもりだ。

あやしまれるかと思ったけど、四角さんはニッと笑って「そうですか。では、気をつけて……」といっただけだった。「気をつけて」のあと、何かつぶやいたみたいだったけど、よく聞きとれなかった。

なんていったんだろう？　「気をつけて……帰ってくださいね」かな？

考えていたら、「あれまあ？」と背中《せなか》で声がした。

聞き覚えのある声だ。ふり返ると、思った通り、稗田《ひえだ》さんが立っていた。

「二戸《にのへ》……穂波《ほなみ》くん、だったよね？　どうしたの？　帰らなかったんだか？」

まっしろな髪《かみ》を頭の後ろで小さくまるめて、しわだらけの顔でほほえんでいる。雲がわいてきて、急に日がかげってきたせいか、家庭科室にいたときとは少し雰囲気《ふんいき》がちがう。

あの新聞の日付は一〇年前のものだったから、稗田さんはもう七六歳《さい》のはずだ。なのに、うちのおじいちゃんやおばあちゃんよりずっと元気そうなのは、なぜなんだろう？

もしかしたら、異世界《いせかい》と関係があるのかもしれない。

——そうだ、異世界だ。

異世界について、ぼくはこれから稗田さんに、大事なことを聞こうとしている。

たぶん、かんたんには教えてもらえないだろう。……でも、聞く。教えてくれるまで、しつこく食い下がるつもりだ。

祈《いの》るような気持ちで、ハーフパンツのポケットに手を入れ、新聞をギュッと握《にぎ》りしめた。

「あの、稗田さん、ぼ……」

言いかけたところで、稗田さんが口を開いた。

「穂波《ほなみ》くん、『へっちょこだんご』はどうでしたか」

「え、ああ、ええと。お汁粉《しるこ》が甘《あま》くておいしかったです」

「お団子《だんご》は？」

じろり、下から見上げられた。笑顔《えがお》は、消えている。

「団子は……なんかこう……ちょっと、ちょっとですけど、ほろにがいっていうか」

「口さあわなかったみてえだね。穂波くん、団子はほとんど残していだっけものね」

やばい、見られてた！　ひょっとすると、ティッシュにくるんでこっそりゴミ箱に捨《す》てたところも、見られてたかも。

「ワークショップの中でも話したけんど、この辺りは山が多くて地形的にお米が作れなかったの。その上、夏に『やませ』という冷たい風が吹《ふ》くので、お米のかわりにヒエ、アワ、キビ、エゴマ、タカキビといった寒さに強い雑穀《ざつこく》を栽培《さいばい》していだったの。決しておいしいとはいえなかったけんど、この辺の人たちは白米のかわりに主食にしてきたんだよ」

そういうと、稗田《ひえだ》さんは辺りの景色を見まわした。

高台にある「深山《みやま》ふるさと塾《じゅく》」からは、町の様子を一望することができる。山と山の間に広がる町の景色は、見わたすかぎり田んぼが広がっていた福島県や宮城県、岩手県南部の景色とはまったくちがう。稗田《ひえだ》さんがいうように、平らなところはほとんどない。

「何度もひどい冷害にあって、雑穀《ざっこく》さえ収穫《しゅうかく》できない年もあった。そういう年は『飢《き》饉《きん》』といって、大勢《おおぜい》の人が飢《う》え死にしたんだと。口減《くちべ》らしのために、生まれたばかりの子どもを殺《ころ》してしまったり、人買いに売ってしまったりすることさえあったんだよ」

子どもを殺す？　人買いに……売る？

背筋《せすじ》がゾワッとした。

「さすがに、わたしが生まれた頃《ころ》はそういうことはなかったけんど、冷害に見舞《みま》われることは度々《たびたび》あって、長い間、この辺の農家の暮《く》らしは貧《まず》しく、苦しかったのさ」

「……はぁ」

「あの『へっちょこだんご』はね、昔はたいへんなぜいたく品だったんだよ。あれを食べたくても食べられなかった子どもが、どれほどいたことか」

そうか、稗田さんはぼくが団子《だんご》を捨《す》てたことを怒《おこ》ってるんだ。

「東日本大震災《だいしんさい》のあともね、沿岸部《えんがんぶ》で大変な思いをした人たちにふるまったら、『なつかしい』『なつかしい』といって、泣きながら食べていた人もいたんだよ」

「あの、なんか、すみませんでした！」

とりあえず、さっさとあやまってしまったほうがいい。だって、これから稗田《ひえだ》さんに、大切なお願いをしなきゃならないんだから。

「団子《だんご》を捨《す》てたりして、ほんとごめんなさい！」

ぺこり、頭を下げて、一、二、三……。頭の中で、ゆっくりと一〇数える。

この前、千夏《ちなつ》とケンカして、あいつの絵本を破《やぶ》いたとき、母さんに教わった謝《あやま》り方だ。

ぼくが「ごめん、ごめん」と謝ったのに、千夏は「そんな謝り方じゃ、ぜったい許《ゆる》さない！」と泣《な》きわめいて、いかにぼくがひどいことをしたかを母さんにうったえた。

あきれた母さんは、ぼくにいった。

「穂波《ほなみ》の謝り方はね、ちっとも気持ちが入ってないの。そういう謝り方をされると、人は逆《ぎゃく》に『バカにされた』と思うの。かえって相手を怒《おこ》らせてしまうものなのよ」

「気持ちが入ってるか、入ってないかなんて、他人にわかるわけないじゃん！」

いい返したら、母さんは、首をふって大きなため息をついた。

「もういいわ。どうしても気持ちを入れられないなら、せめて形だけでも『ごめんなさい』が伝わるようにしなさい」

そういって、教えてくれたんだ。

……八、九、一〇！　頭をあげると、稗田《ひえだ》さんはうっすらと笑《え》みをうかべていた。

やった！　大成功！　さすが母さんだ。そして、お願いをするなら、今だ！

「……あの、稗田さん。ぼく、稗田さんにお願いがあるんですけど」

「何ですか？」

「これについてなんですけど……」

ぼくは、ポケットから新聞の切り抜《ぬ》きを取り出し、広げてみせた。

たちまち、稗田さんの顔から笑みが消える。眉根《まゆね》を寄《よ》せて、こわばった表情《ひょうじょう》になる。

——大丈夫《だいじょうぶ》、こんなの想定内だ。

「正直に言うと、ぼく、稗田さんにどうしても聞きたいことがあって、ワークショップに参加したんです」

「聞きたいこと……ですか？」

さっきまでとは違《ちが》う、低くかわいた声。警戒《けいかい》しているのがわかる。

「この新聞の記事によると、稗田《ひえだ》さんは一一歳《さい》のとき、行方《ゆくえ》不明になったんですよね?」

「……」

「そしてそのまま五五年間、行方不明だったんですよね?」

「……」

稗田さんは、つっ立ったまま、石にでもなってしまったかのように口をつぐんでいる。

「五五年後、いなくなったのと同じ場所に立っていたんですよね?」

「……」

「家にもどって来たときには、その五五年間分の記憶《きおく》がなくなっていたんですよね?」

「……」

「ほんとうですか?」

ぎっ! と、にらみつけられた。

よっぽど聞かれたくないことなんだろう。けわしい目つき、強く引きむすばれた口。稗田さんは、すっかり顔つきが変わってしまっている。

怖《こわ》いけど、ここで引くわけにはいかない。すべては、異世界《いせかい》に行くためだ。

「ぼくは、稗田《ひえだ》さんにはちゃんと記憶《きおく》があったんじゃないかと思っています」

いい終えた瞬間《しゅんかん》、強い風が吹《ふ》いてきた。

掲揚台《けいようだい》のポールに掲《かか》げられた「深山《みやま》ふるさと塾《じゅく》」の旗も、稗田さんが着ている服のすそも、ぼくのTシャツのすそも、風にあおられて激《はげ》しくはためく。

見ると、山の方から黒い雲が近づいてきている。雲でひざしをさえぎられた辺りは、木々が白い葉裏《はうら》を見せながら、もまれるように揺《ゆ》れている。

「……で？」

風が吹《ふ》き抜《ぬ》けたところで、ついに稗田さんが口を開いた。

「記憶があったら、なんだっつうの？」

「教えてほしいんです」

稗田さんは、ふうーっと大きなため息をついた。

「何を？」

不機嫌《ふきげん》そうだが、答えてはくれるらしい。

「稗田《ひえだ》さんが行った場所を。五五年間、居《い》た場所を」

「それを知って、なじょするつもりなの？」

「ぼくも行きたいんです、稗田さんが行った場所に！」

やった、いえた！　心の中で、ガッツポーズをした。

その瞬間《しゅんかん》、ゴーッという音がして、もうれつな風が吹《ふ》いてきた。

「うわわっ」

校庭の砂《すな》がまき上げられ、辺りがたちまち白くかすむ。耳元でびゅうびゅう音がする。砂や木の葉がまいあがり、「深山《みやま》ふるさと塾《じゅく》」のガラスというガラスが、ガタガタ、ガタガタ、音を立てて揺《ゆ》れている。

けれど不思議なことに、あわてて外に飛び出してくる人はない。窓《まど》から、外の様子をうかがう人の姿《すがた》も見えない。ワークショップの参加者は帰ってしまったけれど、講師《こうし》や事務《じむ》の人たちがまだ建物の中に残っているはずなのに。

うなりをあげて、風はさらに強さを増《ま》しはじめる。

顔といわず、腕《うで》といわず、足といわず……素肌《すはだ》がむき出しになっているところすべてに、ぴしぴしと音を立てて砂の粒《つぶ》があたる。

「いたたたたっ」

できるだけ体を小さく丸めて、吹《ふ》き飛《と》ばされないようにブランコの支柱《しちゅう》にしがみつく。

いったい、どうしたっていうんだ？

痛《いた》みに耐《た》えながら薄目《うすめ》をあけると、風の中に立つ人の影《かげ》が見えてきた。……稗田《ひえだ》さんだ。

ぼくより小柄《こがら》で、しかもかなりの年なのに、両手を広げたまま微動《びどう》だにせず立っている。

ただ、頭の後ろで小さくまとめていた髪《かみ》はほつれて、ぼうぼうに乱《みだ》れている。

小さい頃《ころ》に絵本で見た、山姥《やまんば》みたいだ。

「……ああ……んだが」

風の中で、稗田さんがうなずいている。まるで、だれかと話をしているみたいに。

「……うん……うん」

いったい、だれと話をしているんだろう。ぼくにはまったく見えないんだけど。

ふいに、稗田《ひえだ》さんがふり返った。

風が少しだけ弱くなる。

「……んだば、行ぐが」

「え？」

今、「行くか」っていった？　「行くか」っていったよね？　ってことは……。

顔を上げると、稗田さんがぼくを見つめて、右手を差し出している。

風は、完全にやんでいる。やんではいるが、稗田さんの髪《かみ》や姿《すがた》は山姥《やまんば》のままだ。

「行くべ」

やった！　やった！　連れていってくれるらしい。

「は、はい！」

稗田さんの手をつかもうと、のばした右の手首をギュッとつかまれた。

「あ、あの？」

ぼくの手をつかんだまま、ものもいわずに稗田さんが歩き出す。

どこにこんな力があったんだろうと思うぐらい、強い力。

足取りも軽く、まるで走っているみたいに速い。

この人、本当に七六歳《さい》なんだろうか？　……ってか、「人」なんだろうか？

「あの、ど、どこへ行くんですか」

「……お山」

そうか、稗田《ひえだ》さんがいた異世界《いせかい》への入り口は、山の中にあるのか。

ものすごい速さで校庭を出ると、町に下るのとは逆《ぎゃく》の方向に稗田さんは歩き出した。

舗装《ほそう》された道はすぐにとぎれ、山道になる。そこを、ぐいぐい登って行く。

道にかぶさるように生《お》い茂《しげ》る木の枝《えだ》や、その下をおおう笹《ささ》の葉がぴしぴしと当たって痛《いた》いが、稗田さんはおかまいなしだ。飛ぶように歩きながら、ぶつぶついっている。

「思わぬ長居《ながい》ばしてしまった」

「これでようやぐ帰れる」

「待っていた甲斐《かい》があったというもんだ」

「いい土産《みやげ》が手に入った」

え、土産？　どういうこと？

ゴーッ。また風が強くなってきた。

風は恐《おそ》ろしい音を立てて木々を揺《ゆ》らし、笹の葉を地面にたたきつけながら吹《ふ》きあれている。

ふいに、新聞にのっていた「サムトの婆《ばば》」の説明文の最後の部分がうかんできた。

——しかし、ある日、再《ふたた》び姿《すがた》を消す。風の強い日だったという。

辺りの景色が、ものすごい速さで流れていく。

足の下にあるはずの地面が感じられない。

まるで、ぼく自身が風になってしまったみたいだ。

ぼく、異世界《いせかい》に行くんだよね？　行って、帰ってくるんだよね？

帰ってきて、ヒーローになって、めでたし、めでたしになるんだよね？

「気をつけて……行ってらっしゃい」

どこからか、四角《しかく》さんの声が聞こえたような気がした。


（佐々木ひとみ・文）

5　カマス背負《しょ》い

下北三咲《しもきたみさき》（小学五年生）

「笑顔《えがお》！　もっと笑顔で！　うしろの列、リズムにおくれてるよ。ラインダンスの足はしっかりあげなさいっ」

五能《ごのう》コーチのきびしい声がとぶ。ここは青森県総合《そうごう》運動施設《しせつ》のアリーナ。

センターのわたしは、だれよりも笑顔でおどることを心がけている。

わたしたちは江戸川《えどがわ》チアダンス・クラブに所属《しょぞく》している小学生チームで、今は、大会に向けての強化合宿中だ。大会に出るメンバーは五、六年生だけど、この合宿には五年生しか参加していない。六年生は受験でいそがしいみたい。

チアダンスは、見ている人たちを笑顔で元気にするためのパフォーマンスだ。ポンポンを持っておどるところはチアリーディングと似《に》ているけど、人を投げ上げたり宙返《ちゅうがえ》りさせたりはしない。その代わり、ジャズダンスやヒップホップやラインダンスを組み合わせて、笑顔《えがお》で明るくおどるのだ。

四年前、いとこのお姉さんがチアダンスしているのを見て、このクラブに入った。ノリノリの曲に合わせておどるのが、すっごく気持ちよくてお姉さんたちと同じように練習した。そのうち「三咲《みさき》、すごい。じょうずだね！」とほめられるようになって、ますますチアダンスが好きになった。

たぶん、うちの小学生チームで一番うまいのは、わたしだと思う。

「みんな、集合」

「はいっ」

わたしたちは、五能《ごのう》コーチのもとへ走る。センターのわたしは一番前に立つ。

腕組《うでぐ》みしたコーチがわたしたちを見まわす。

「さっきもいったけど、みんなまだまだ笑顔が足りないよ。センターの三咲《みさき》はいいけど、ほかはだめ。チアダンスは笑顔がだいじ。わかってるよね？」

「はいっ」

「じゃあ、五分休んだあと、もう一度練習します」

そういってコーチが立ち去ると、わたし以外のみんなが床《ゆか》にすわりこんだ。

「ああ、もう、つかれた。今日の練習、長くない？」

「昨日の今ごろは、自由時間だったよね」

ひとりだけ立ったままのわたしは、みんなを見下ろすかっこうだ。

「ちゃんとできてないいんだから、しょうがないよ。ラインダンスは足があがってないし、ターンしたあと、いつもリズムにおくれてるし。このままじゃ、大会で入賞《にゅうしょう》できないよ。六年生に、合宿で何してきたの？　っていわれそう」

するとマキが、不満をもらした。

「いわれたとおりにやろうとはしてるよ。だけど、うまくできないいんだよ」

たしかにマキは鈍《どん》くさくて、よくフォーメーションを乱《みだ》している。でも鈍くさいなんて本人の前ではいえないから、わたしはさりげなくこういった。

「もっと練習すればいいいんじゃない？」

すると今度は、ナツミとアヤが、わたしに非難《ひなん》するような目を向けてきた。

「そんな簡単《かんたん》にいうけどさ。三咲《みさき》ちゃんはいいよ。可愛《かわい》くてスタイルもよくて、ちょっと練習すればうまくなるから」

「そうそう。みんなが三咲ちゃんと同じようにはおどれないよ」

なにそれ。わたしに嫉妬《しっと》してるの？　感じ悪いと思ったけど、その気分をお腹《なか》の中におさえこむ。

「そんなことないよ。がんばれば、だれだってできるよ」

でも、みんなは首をふる。

「三咲ちゃんは特別だもんね」

「あたしたち、三咲ちゃんみたいな才能《さいのう》ないし」

「ちょっと。自分たちの練習不足をたなにあげて、そんなふうにいうわけ？」

といいたかったけど、その言葉はのみこんだ。代わりに、思いきり口角をあげてスマイルして見せた。

「ダンスの才能がなくても、笑顔《えがお》ぐらいはつくれるんじゃない？　チアダンスは笑顔がだいじでしょ。苦しくてもちょっとぐらい失敗しても、笑顔をみせなきゃ」

そこへ五能《ごのう》コーチがもどってきた。みんなため息をつきながら立ちあがる。わたしは心の中で毒《どく》づいた。

ああ、もうっ。なんでみんな、できないのよ。わたしは笑顔《えがお》でしっかりおどれているのに、こうしてできないみんなの練習につき合わされているのよ！

練習が再開《さいかい》され、わたしは、だれよりも笑顔で完璧《かんぺき》におどった。

次の日。

今日は合宿の最終日。午後には新幹線《しんかんせん》に乗って家に帰る。

朝食の時、コーチから予定を知らされた。なんと、今日の練習はなし。その代わり、りんご園で作業体験をするそうだ。

「作業体験て、何をするんですか？」

わたしがたずねると、コーチは資料《しりょう》を見ながらこたえた。

「何をするかというと……メニューはいろいろあるみたい。りんごの収穫《しゅうかく》とか、園内の草刈《くさか》りとか、りんごジャムづくりに、りんごの草木染《くさきぞ》めもあるみたいね。何をするかは、りんご園に行ってから決めてね。きっと、もぎたてりんごも食べられるわよ」

するとみんなが、練習では見せたことのないようなビッグスマイルになった。

「うわーっ、もぎたてりんご食べたーい」

「あたし、りんごジャムつくる！」

わたしは冷ややかにみんなの顔を見た。そういう笑顔《えがお》をダンスでもつくればいいのに。


朝食後、わたしたち一五人は、迎《むか》えに来た黒いマイクロバスに乗せられた。乗りこむとき、サングラスにマスクをしている運転手の人に「おはようございます」っていったけど、無視《むし》された。感じ悪い。

五能《ごのう》コーチは会議があるため合宿所に残り、代わりに、みちのくエージェンシーの社員だという女の人がバスに乗った。バスとコーディネートしたような黒のパンツスーツで、すごくきれいな人だ。今日の作業体験は「子どものための〝地元体験〟ワークショップ」という企画《きかく》の一つだそうだ。

マイクロバスは、合宿所からだいぶはなれた小高い丘《おか》の中腹《ちゅうふく》でとまった。

「みなさん、本日の体験先である〈コトリりんご園〉に到着《とうちゃく》しました」

丸太でつくられた看板《かんばん》の前で、わたしたちはバスから降《お》りた。

「午後にむかえに来ます。みなさん、それまで楽しんでくださいね」

女の人はそういうと、くるりと背中《せなか》を向けてバスに乗りこんだ。バスはすぐに発車し、あっという間に見えなくなった。

そこへ、青いキャップをかぶったおじいさんとエプロン姿《すがた》のおばあさんが現《あらわ》れたので、わたしはチームのセンターとして明るくあいさつをした。

「こんにちは。わたしたち、江戸川《えどがわ》チアダンス・クラブの小学生チームです。りんご園の作業体験に来ました。今日はよろしくお願いします」

するとおじいさんは、しわだらけの顔をぽかんとさせてこういった。

「はて。おらほでは二年前から、体験の受け入れはやめたんだども。このとおり、歳《とし》をとってきたからな」

キャップをぬいだおじいさんの髪《かみ》の毛は真っ白だった。

「ええっ？　作業体験やってないの？」

「じゃあ、もぎたてりんごは？」

「りんごジャムづくりは？」

みんなが顔を見合わせ、わたしもまゆをよせる。あの女の人、本日の体験先である〈コトリりんご園〉て、いってたんだけど……。

「ねぇ、三咲《みさき》ちゃん、どうするの？」

マキが心配そうな目でわたしを見る。

「そんな、どうするのっていわれても……。バスがむかえに来るのは午後だし、合宿にはケータイ電話もスマホも持ちこみ禁止《きんし》だから、連絡手段《れんらくしゅだん》はないし……」

そうやってわたしがおろおろしていると、おじいさんがやさしい顔を向けてくれた。

「まあまあ、何か手ちがいがあったんだべな。むかえが来るまで、うちのりんご園で遊んでいればいい」

「いいんですか？」

わたしが上目づかいでたずねると、おじいさんもおばあさんもにっこりとうなずいた。

「ああ、いいよ」

白髪頭《しらがあたま》のおじいさんが、神さまに見えた。


りんご園に入るなり、わたしはすてきな景色にうっとりした。

まるでメルヘンの世界だ。陽《ひ》ざしをあびた緑色の葉っぱの中で、真っ赤なりんごが宝石《ほうせき》みたいにかがやいている。今赤くなっているのは、夏どりのりんごだそうだ。

おじいさんの名前は公造《こうぞう》さん、おばあさんの名前は和子《かずこ》さんといって、もうずっと昔から、ここでりんごを育てているんだって。

「こんなすてきな所で、毎日過《す》ごせるなんて、いいなあ」

とわたしがいったら、

「りんごを育てる仕事は、楽じゃないのよ。一年中、やることがいっぱいあるの」

と和子さんは苦笑いした。

春は、りんご畑に肥料《ひりょう》を与《あた》えたり、新しい苗木《なえぎ》を植えたりでいそがしい。

夏は、一本の木が花や実をつけすぎて疲《つか》れないよう、適度《てきど》に花や実をつんだり、枝《えだ》がおれないように支柱《しちゅう》を立てたりもする。

秋は、収穫《しゅうかく》で大いそがし。とったりんごを大きさごとに分ける仕事もする。

そして冬は、のびすぎた枝《えだ》を切ったりして、次のシーズンのために準備《じゅんび》をするんだって。

そっか。りんごの木って、勝手に実がなるわけじゃないんだ。

わたしたちは、そうしてだいじに育てられた木のところへ行き、和子《かずこ》さんからりんごのとり方を教わった。

「まずは、おいしそうなりんごを見つけて、こんなふうにりんごを下から持つの」

和子さんは、真っ赤に熟《じゅく》したりんごを、下から手で包むように持った。

「このまま、クルッとまわしながら、やさしく上へ持ち上げるの」

するとりんごは、軸《じく》のところからポロッと素直《すなお》にとれた。

「無理に引っ張《ぱ》るのはだめよ。枝やりんごがいたむから」

「はーい」

わたしたちは、和子さんのまねをしてりんごをもぎとり、その場でかじりついた。

「うわー、あまくて、めっちゃおいしーい」

「あたし、りんごの皮、はじめて食べた」

「皮も、おいしいねー」

みんな、目を丸くして食べる。

わたしも、もぎたてりんごの丸かじりに感動しちゃった。陽《ひ》の光でキラキラするりんごを皮ごとかじっていると、とってもさわやかな気持ちになるっていうか、エネルギーがチャージされていく感じがする。

そうしてわたしたちがはしゃいでいるとき、目のはしっこに公造《こうぞう》さんの姿《すがた》が映《うつ》った。

公造さんは、古くてぼろぼろになった小屋から、せっせと何かを運び出している。よく見ると、よごれた箱やさびついた道具類だった。重そうによろよろしながら運んでいる。

そんな公造さんに、マキがかけよって手をかした。

「おじいさん、わたし、手伝います」

「どうもな」

公造さんはうれしそうに目を細めた。マキって、ダンスでは一番おくれるくせに、こういうことは早いんだ。

するとナツミとアヤも、公造《こうぞう》さんにかけよった。

「あたしも手伝う」

「あたしも。何をすればいいですか？」

公造さんはいったん荷物を置き、ナツミとアヤのほうを向いた。

わたしは少しはなれたところから、その会話を聞いた。

「いやあ、この作業小屋、雨もりがひどくなってきたんで、こわすつもりなんだじゃ。だがその前に、中の荷物を出さねばならねから、ちょっとずつ運んどるじゃ」

「中のものを運び出せばいいんですね」

「じゃあ、みんなでやろうよ。おじいさんひとりじゃ大変でしょ」

「それはありがたいども、おじょうちゃんたち、服がよごれるぞ」

「だいじょうぶ。あたしたち、りんご園で作業体験するために来たんだよね？」

「うん。それに、おいしいりんごを、食べさせてもらったもん」

「ねぇ、みんな、こっちに来て！　作業体験しよう」

おいでおいでをするナツミとアヤとマキのところへ、一人二人と集まっていく。

わたしは口の中のりんごをモゴモゴさせながら、ためらっていた。

ナツミもアヤも何いってんのよ。作業体験ていうのは、収穫《しゅうかく》とかジャムづくりなんかのことで、荷物の運び出しはちがうでしょ。たしかにりんごはおいしかったけど、たった一個《こ》もらったくらいで重労働するのはわりに合わなくない？

だけどみんなが手伝いはじめたので、やらなきゃならない空気になってきた。

「んもー」

かじりおえたりんごの芯《しん》を草の上に投げすて、わたしはしかたなく手伝いに加わった。

古ぼけた小屋の中から、なんだかわからない物を一個一個運び出す。

「これなあに？　さびだらけ」

「それは、くわだ。土を耕《たがや》すのに使うんだじゃ」

「うわっ。この箱、持ち上げたら、こわれちゃった」

「ああ、いいんだ。もう捨《す》てるだけだからな」

みんなキャアキャアいって笑いながら運んでいる。それを見る公造《こうぞう》さんもにこにこ顔だ。

でもわたしには、楽しいとは思えない。メルヘンの世界みたいなりんご園で、こんな作業をするなんて。

「この汚《きたな》くて重いもの、いったい何なのよ？」

ぶつぶついいながら小屋から出ると、公造《こうぞう》さんに声をかけられた。

「そのカマスは、もう使わねから、こっちさ持ってきてけろ」

「カマス？」

ワラでできた足ふきマットのようなものを抱《かか》えて、公造さんの後に続く。

「昔は、カマスに肥料なんかを入れたども、ビニールの袋《ふくろ》ができてからは、使わなくなったな」

「これ、袋なんですか？」

「ああ。ワラむしろを二つに折って、はしっこをぬい合わせて作った袋だじゃ。けっこうじょうぶだぞ。ここにこうしてワラのひもをくくりつければ、ほれ、リュックサックにもなるじゃ」

公造さんは、カマスを背負《しょ》ってみせた。

はっきりいって、リュックサックには見えない。足ふきマットが背中《せなか》にはりついている
だけって感じ。
「そういえば、おらが子どものころはな、こうしてカマスを背負《せお》った『カマス背負《しょ》い』と
いうのがいてな、泣いている子は、カマス背負いに連れていかれるぞ、といわれたな」
「カマスショイ?」
「ああ、『カマス親父』ともいわれる鬼《おに》のような男のことだじゃ。二本の角に牙《きば》もはえて
いる。泣いている子どもを見つけると、背負っているカマスにその子をむりやりつめこん
で、連れ去っていくだじゃ」
「連れてって、どうするんですか?」
「連れ去った子どもはな、魂《たましい》を喰《く》われるだじゃ」
公造《こうぞう》さんは、こわがらせるような口調でいった。ああ、それ、大人たちが子どもをおど
すときに使う話ね。
さらに公造さんは、自分がカマス背負いであるかのように、カマスの口を広げて子ども
をつめこむしぐさもしてみせた。

せっかくそこまで演技《えんぎ》してくれてるから、わたしもお義理《ぎり》で肩《かた》をすくませた。

「こわ〜い」

ていうか、こんな汚《きたな》らしい袋《ふくろ》の中に入れられるなんて最悪じゃない？　チクチクして体がかゆくなりそう。

わたしは、そんな子どもだましを信じていると思われるのもいやなので、その後は冷静に質問《しつもん》した。

「どうして、そのカマス背負《しょ》いは、泣いている子を連れて行くんですか？」

すると公造《こうぞう》さんは「はて。なんでだべな？」と、あごに手を当てた。そして考えながらぶつぶついいだした。

「まあ、おらが子どものころは、よく大人に『泣くんじゃない。がまんしろ』といわれて……、まあ、それがしつけだったたっつうか……。なんで、泣いちゃいけないのかっつうと……まあ、いつまでもメソメソしてると、いいこともにげてくっつうか……」

なんだか、うまく答えられないようなので、わたしがまとめてあげた。

「それって、笑顔《えがお》がだいじってことじゃないんですか？」

すると公造《こうぞう》さんは、ハッと気づいたように手をたたいた。

「ああ、んだんだ。そういうことだ。笑《わら》う門《かど》には福来《ふくきた》る。おじょうちゃん、よくわかってるなあ」

「でも、そのカマス背負《しょ》いがやることって、子どもを連れ去るんだから、誘拐《ゆうかい》ですよね？」

実際《じっさい》にはカマス背負いなんていないんだろうけど、わたしはツッコミを入れてみた。

すると公造さんは、とぼけた顔で答えた。

「まあ、ユーカイっつうより、カマス背負いは、ヨーカイだじゃ。あっはっはっ」

公造さんはおかしそうに笑った。出た。ヘタなオヤジギャグ。おもしろいとは思わなかったけど、わたしは笑顔《えがお》をうかべてあげた。


作業はその後も続いた。小屋の荷物は意外に多い。重い荷物を運んで行ったり来たり。わたしはいいかげん、働きアリみたいなことをするのに飽《あ》きてきた。

「ああ、もう、つかれた」

荷物を置いて、ふとりんご畑に目をやった。

すると、りんごの木と木の間がトンネルのようになっていることに気づいた。緑のトンネルだ。ずっと先のほうは、キラキラしている。

ひょっとして妖精《ようせい》たちがおどっている？　あそこから妖精の国につながっていたりして。真っ白なお城や色とりどりのお花畑が広がる世界に。

「まさかね」

わたしは自分を笑った。

だけど、あのキラキラしている場所は、なんかいい感じ。スポットライトを浴びたチアダンスのステージみたい。あの輝《かがや》く光をまとったら気持ちいいだろうな。

りんごの木のトンネルをながめていたら、その先へ行きたくてたまらなくなってきた。

わたしはこっそりと、荷物運びをするみんなからはなれた。

気づかれないようにつま先立ちで、木のトンネルを歩き出す。とちゅうの葉っぱやりんごの実もキラキラだ。

そうして木のトンネルを、ずっと歩いていくと……。

「うわあ、きれーい！」

いちめん緑の草原が広がっていた。ここは丘《おか》の上らしい。わたしは一番高いところまで一気にかけあがる。

ミャウミャウ、ミャウミャウ。

真っ白な海鳥たちが飛んでいる。丘の下には小さな入り江《え》が広がっていた。

妖精《ようせい》のお城はなかったけれど、入り江のまわりには、いろんな色の屋根の家が、かわいらしくならんで見えた。

「うふ。まるで妖精の町みたい」

すみきったブルーの海もすてき。こんな景色、わたしの町ではぜったいに見られない。

「ああ、ここに来てよかった」

草原をなでていくようなそよ風もすっごく心地《ここち》いい。だれもいない丘の上で、わたしは思わずダンスの曲を口ずさむ。すると、体がおどりはじめた。

「ワン、トゥー、スリー、フォー、ララーン、ラ、ラーン。

ファイブ、シックス、セブン、エイト、ララララン♪」

ミャウミャウと飛ぶ海鳥たちも、いっしょにパフォーマンスしているみたい。

みんなも、少しは練習すればいいのに。あんな荷物運びなんかしていて、バカみたい。

「ワン、トゥー、スリー、フォー」

ジャンプしてダブルターンして、次は決めポーズ――。

そのときだ。

回転軸《かいてんじく》の足がかたむき、バランスをくずしてしまった。

転ぶ、と思ってとっさに着いた右足が、グキッといった。

「キャアッ」

草の上に尻《しり》もちをつく。右足首がじいんと痛《いた》い。でもがまんして立ちあがろうとした。

「いたっ！」

強い痛みが走り、また尻もちをつく。

やだ。痛くて、立てない……。

「ひっ」

今、首すじがひやっとした。

ああ、風がふきぬけたせいね。青森って、夏でもこんなに冷たい風がふくんだ。

なんだか、空が暗くなってきた。今まで真っ青だったのに。いつの間にか灰色《はいいろ》の雲がせまってきていた。雨が降《ふ》るのかな？　ここにいたら、ぬれちゃう。早くみんなのところへもどらなきゃ。

「まさか。足の骨《ほね》、折れてないよね？」

両手で足首をさすってみる。だいじょうぶ。きっと、少し待てば痛《いた》みは消えるから。骨《こっ》折《せっ》なんかしてない。だいじょうぶ。すぐに、痛くなくなるから。

わたしは、目に涙《なみだ》がうかんでくるのを必死でこらえた。

「だめ。泣いちゃだめ」

そうつぶやいた瞬間《しゅんかん》、カマス背負《しょ》いの話を思い出してしまった。

もちろん、カマス背負いなんているわけない。もしいたとしても、子どもを連れ去るなんて犯罪《はんざい》だし、警察《けいさつ》に逮捕《たいほ》されるに決まってる。

でも、もしかしてカマス背負いが、ユーカイではなくヨーカイだとしたら……。

——連れ去った子どもはな、魂《たましい》を喰《く》われるんだじゃ。

公造《こうぞう》さんの言葉がよみがえる。

魂《たましい》を喰《く》われるって、どういうこと？　魂がなくなったら、人はどうなるんだろう？

空はすっかり灰色《はいいろ》になってしまった。なんだか空気がしめっぽい。海鳥の声も聞こえなくなっちゃった。まわりにはだれもいない。丘《おか》の上には、わたしだけ。

もしも、ここに妖怪《ようかい》が現《あらわ》れたりしたら……。

わたしは、首を横にふる。

「いない。カマス背負《しょ》いなんて、いるわけない」

そのときだ。

「おーい。どうしたあ？」

りんご園のほうから声が聞こえた。

公造さんがこっちにやってくる。

「姿《すがた》が見えないから、探《さが》しにきたじゃ。どうかしたのか？」

公造《こうぞう》さんのやさしい笑顔《えがお》を見たわたしは、ホッとした。心細さがみるみる消えていく。

やっぱり笑顔っていいな。人に元気を与《あた》える力がある。

だけどそのとき、公造さんが背負《せお》っているものを見て、わたしはギクリとした。

カマスだ。カマスを背負《せお》っている。

まさか……。

わたしは、公造《こうぞう》さんがカマス背負《しょ》いかもしれないという考えをふりはらった。こんなやさしい笑顔《えがお》の公造さんが、妖怪《ようかい》なわけない。そもそも妖怪なんていないんだから。

「転んでケガでもしたのかい？」

うずくまったままのわたしに、公造さんがやさしく声をかけてくれる。ほら、ぜんぜん妖怪なんかじゃない。

そのとき、またひんやりとした風がふいて、わたしの目をこすっていった。

目が冷たさにふれたせいで、鼻のおくがツンとなる。

それに加え、「だいじょうぶか？」と、公造さんの包みこむような声も聞こえたので、もうこれ以上、がまんできなくなった。

とうとう、目に涙《なみだ》がうかぶ。今までおさえていた分、涙はみるみる大粒《おおつぶ》になって、まばたきするとボロボロッとこぼれ落ちた。

腰《こし》をかがめた公造さんが、わたしをのぞきこむ。

「何があったんだ？　おや、泣いてるじゃねぇか」

そういったとき、なぜか公造《こうぞう》さんの顔が、一瞬《いっしゅん》にやりと笑ったように見えた。

わたしは、いそいで涙《なみだ》をぬぐう。

「泣いてなんかいません」

そして口角をあげ、笑顔《えがお》をつくろうとした。

チアダンスでセンターを任《まか》されているわたしは、転んで足が痛《いた》いときだって、ビッグスマイルをつくれるんだから。

だけどそうする前に、わたしのほっぺたはこおりついてしまった。

だって、公造さんの白髪頭《しらがあたま》からは二本の角、しわのある口元からは上向きの牙《きば》が見えたのだ。

さらに口からは、低くうなるような声が聞こえた。

「いいや。たしかに泣いていたのを見たぞ。泣いている子は、カマス背負《しょ》いが連れていくだじゃ」


（野泉マヤ・文）

6　カミカクシ

注連内誠《しめのうちまこと》（小学六年生）

とつぜん、若《わか》い女の声がした。

「子どものための〝地元体験〟ワークショップは、いかがですか？」

どきっとして顔をあげると、いつのまにか、ぼくたちのそばに、黒いスーツ姿《すがた》の女が立っていた。

ぼくたち家族は、弟の裕《ゆたか》、そして、パパ、ママの四人で、秋田県北部の温泉《おんせん》に旅行に来ていた。

ちょうど、温泉宿のフロントのソファーにすわりながら、みんなで、次の日に行くワークショップのチラシを見ているところだった。

パパとママは、カバ細工という、山桜《やまざくら》の皮を使った伝統《でんとう》工芸のワークショップへ行くことになっていた。

ぼくは、あらかじめネットで調べ、「山歩き体験」に申しこんでいた。

パパから、「今年の夏休みはどこに行く?」と聞かれた時、「ぜったい、秋田!」とぼくが強く望んだのも、「山歩き体験」に参加することが、密《ひそ》かな目的だった。

小学三年生の裕《ゆたか》が参加するのは、子ども向けの「ババヘラアイスワークショップ」だ。

秋田では、道路ぞいにカラフルなパラソルが立っていて、おばあさんがアイスを売っていた。ぼくたちが、アイスを注文すると、おばあさんはヘラを器用に使い、コーンの上にピンク色と黄色のアイスを、花のような形にもりつけてくれる。

ピンク色と黄色のアイスは、それぞれ、イチゴ味とバナナ味で、シャーベットのシャリシャリした食感が、とてもおいしかった。

裕は、ババヘラアイスワークショップへの参加を楽しみにしていた。

「いいでしょ! お土産《みやげ》に、ババヘラキャラメルをもらえるんだよ」

「いいなあ、兄ちゃんも食べたいよ」

ぼくがうらやましそうにいうと、裕は自分の小指を、ぼくの小指にからませた。

「いいよ。ぼく、兄ちゃんの分まで、キャラメルをもらってきてあげる。約束するよ！」

「秋田では、おばあさんを『ババ』というのよね。ババがヘラでアイスを売るから、ババヘラアイスなんて。いったいだれが考えついたのかしら」

ママがそういって、くすくすと笑ったその時、黒いスーツ姿《すがた》の女が現《あらわ》れたのだ。

ぼくは、背中《せなか》がぞくっとするのを感じた。女が、小さく舌《した》なめずりをして、裕《ゆたか》とぼくを見たからだ。

「わたくしは、みちのくエージェンシーのものです。今すぐ申しこむことができますので、ぜひ参加しませんか」

女はそういうと、ぼくと裕にチラシをわたした。

チラシには、「子どものための〝地元体験〟ワークショップ。もろこしを作って食べよう！」とあった。

もろこしは、小豆《あずき》の粉《こな》と砂糖《さとう》をあわせたものを、型《かた》にいれて固めた伝統菓子《でんとうがし》だ。口にいれるとすっと溶《と》け、やさしい甘《あま》さと小豆の香りが広がる。ぼくも裕も気に入って、秋田を旅行しながら何度も食べた。

「どうしよう〜。ぼく、もろこし作りにも行きたくなっちゃった〜」

裕《ゆたか》が迷《まよ》い始めると、女は、かばんからさっとぬいぐるみを取り出した。

「今なら、参加したお子さま全員に、秋田犬のぬいぐるみをプレゼントしております」

秋田犬は、秋田の代表的な犬で、かしこそうな顔と、三角にとがった耳、きゅっと丸まったしっぽが特ちょうだ。女が持っているのは、子犬のぬいぐるみで、白い毛がふわふわとして、だきしめたくなるほどかわいい。

「うわあ、ぼく、こっちのワークショップに行きたい！　ねえママ、おねがい！」

裕がママにすがりつくと、女はすかさず、ママに参加申しこみ書とペンをわたした。

「もう、わかったわ。アイス作りはキャンセルして、こっちに申しこめばいいのね」

ママはあきれたようにいうと、ペンをにぎった、申しこみ用紙に「注連内《しめのうち》」と苗字《みようじ》まで書いた時、女はわずかに後ずさりながら、「そ、それは？」とつぶやいた。

「ああ、めずらしい苗字でしょう？　注連内と書いて、しめのうちというんですよ。全国に、数十人しかいないらしいですがね」

女が苗字を読めないと思ったらしく、パパが笑いながらそういった。

「何か、特別な家柄《いえがら》でいらっしゃるとか？」

女がいぶかしげにたずねると、パパは、「いやいや、うちは、普通《ふつう》のサラリーマンですよ」と、照れくさそうに頭をぽりぽりかいた。

「注連《しめ》」という言葉には、立ち入り禁止《きんし》のしるしという意味があるという。正月飾《かざ》りの注《し》連縄《めなわ》には、災《わざわ》いや妖《よう》が家の中に入ってくるのを防《ふせ》ぐための、魔除《まよ》けの意味がこめられているらしい。

同級生には、「誠《まこと》ってさ、妖怪《ようかい》や神秘的《しんぴてき》なことが好きだし、正義感《せいぎかん》が強くて悪いことは許《ゆる》せないたちだよな。苗字も魔除けっぽいし、もしかしたら、ご先祖《せんぞ》の中に陰陽師《おんみょうじ》がいたりして」と、よくいわれる。

「そんな話、聞いたことないよ」とこたえたけれど、心の底では思っていた。

もしかしたら、ぼくの中には、陰陽師の血が流れているのかもしれないと。時々、災いや妖を封《ふう》じたいという強い気持ちが、心の底からわきあがってくるのを感じるからだ。

ドクドクドクドク……。まるで、アラームが鳴るように、心臓《しんぞう》が高鳴ってくる。ぼくは、甘《あま》い誘《さそ》いから守るように、裕《ゆたか》の肩《かた》をぎゅっと抱《だ》きよせてささやいた。

「裕《ゆたか》、兄ちゃんとの約束を忘《わす》れたのか？　兄ちゃんの分まで、ババヘラキャラメルをもらってくるんだろ？」

裕は、正気にもどったようにハッとぼくを見ると、はずかしそうにうなずいた。

「あ、そうだった。ママ、ぼく、やっぱり、アイス作りに行く！」

ママは肩《かた》をすくめると、「気まぐれで、ごめんなさいね」と女にいった。

「わかりました。またの機会をお待ちしております」

女は冷たい声でそういうなり、そそくさと帰っていった。

ぼくは、女が残していった申しこみ用紙を手にとると、ギュッと握《にぎ》りつぶした。

次の日の朝。ぼくは、「山歩き体験」へ参加するために、ジャケットを着てリュックを背負《せお》った。パパとママ、そして裕は、「夕方までに帰ってくるね」といいながら、それぞれのワークショップへ向かっていく。

ぼくも、かならずここに帰ってくる。みんなの後ろ姿《すがた》を見送ると、強い使命感に背中を押《お》されるように、宿を出た。

宿の人に送ってもらい、地元の町役場へいくと、小学生とその親たちが、あわせて二〇人ほど集まっていた。

ぼくが参加するのは、「マタギの世界を知る――山歩き体験」だ。

マタギとは、冬から春にかけ、山のクマやシカ、イノシシなどを狩《か》りながら生活していた人たちのことだ。秋田はかつて、マタギの人が多く住み、「マタギの里」とよばれる場所があった。

受付をすませると、ぼくは、小学生の列に並《なら》んだ。

とつぜん、背中《せなか》に、ぞわっと冷たいものが走った。

氷のように冷たい視線《しせん》を感じる！

あわててふり返ると、町役場のかげに、だれかがかくれたように見えた。

いったい、だれ？　まさか……！

ぼくは、足音をたてないように、そっと町役場に近づいた。おそるおそるのぞいたが、だれもいない。

よかった、気のせいだったか……。

ほっと息をつくと、ぼくは、また、小学生の列にもどった。

まもなく、山歩きのガイドをしてくれる、マタギの沢石《さわいし》さんが現《あらわ》れた。

沢石さんは、パパと同じぐらいの年ごろの人だった。どこにでもありそうなチェックの長袖《ながそで》のシャツと灰色《はいいろ》の長ズボンを身に着け、頭には白いタオルを巻《ま》いている。いっけん普《ふ》通《つう》のおじさんだけれど、ひとつだけちがうことがあった。

沢石さんの腰《こし》にはナタがぶらさがっている。ナタは、木の枝《えだ》を切ったり、時には、しとめたケモノの肉を切ったりするための、大きな刃物《はもの》だ！

「まず、資料館《しりょうかん》を案内するよ。あとについてきてね」

沢石さんはそういうと、町役場のとなりにある資料館へむかった。

館内の入り口には、昔のマタギの写真がかざってあった。おじいさんのマタギだ。獲物《えもの》を射《い》すくめるような鋭《するど》い眼差《まなざ》しに、思わずドキリとした。

おじいさんは、頭に三角の笠《かさ》をかぶり、ワラを編《あ》んだ長靴《ながぐつ》をはいていた。さらに、肩《かた》や腰には、動物の毛皮をまき、腰にナタをさげ、手には鉄砲《てっぽう》を持っている。

「マタギは、冬から春にかけて雪山の中を歩きながら、おおぜいで獲物《えもの》を追いたてて、狩《か》りをしていたんだよ。ワラの靴《くつ》も動物の毛皮も、きみたちのダウンコートやブーツに負けないくらい、とてもあたたかいんだ」

沢石《さわいし》さんは、ぼくたちにもわかりやすく話してくれた。

展示室《てんじしつ》に入ったとたん、みんなが「うわ〜！」と声をあげた。

壁《かべ》には、大人の体の数倍はある、大きなクマの毛皮がかざってある。万が一、こんな大きなクマにおそわれたなら、カギヅメで肉をさかれ、するどいキバで骨《ほね》をかみくだかれてしまうかもしれない。ぼくの体が、ぶるっとふるえた。

棚《たな》には、クマやイノシシ、シカの、頭の骨もならんでいた。がらんとした目の穴《あな》から、何者かがじっとにらんでいるような気がして、ぞくりとした。

ひととおり館内を見たあと、ぼくたちは、町役場の前に集まった。

いよいよ山歩きのスタートだ。空はどこまでも青く、良い天気だ。

「山の中に入る前に、みんなに大事なことをいうよ」

おだやかだった沢石さんの目が鋭《するど》くなり、声の調子がぴりっときびしいものに変わった。

「山の中で生活する人にとっては、自然は恵《めぐ》みをもたらす半面、恐《おそ》ろしいものでもあるんだ。山は、山神様が支配《しはい》する世界で、クマやシカなどの獲物《えもの》は、山神様からのさずかり物なんだ。だから、みんなも、山をうやまい、畏《おそ》れる気持ちを忘《わす》れないでください」

とたんに、背筋《せすじ》がしゃんとのびた。

ぼくの暮《く》らす東京は、すぐに電車に乗ることができるし、コンビニもいたるところにある。便利な都会で暮らしているとぴんとこないけれど、山に一歩入ったら、そこは都会とは全くちがう世界なんだ……！

ぼくは、沢石《さわいし》さんのうしろについて、細い山道を登っていった。都会のアスファルトの上とちがって、石はころがっているし、急な坂がくりかえすから登りづらい。

沢石さんは、息をきらしながら登るぼくたちを見ながら、

「昔は、こんな山道を、すいすいと歩くことができたマタギや、クマととっ組み合いで戦った、とても勇敢《ゆうかん》なマタギもいたんだよ」といって笑った。

山道はところどころ、道までのびた枝《えだ》や、笹《ささ》に行く手をふさがれることがあった。沢石さんが、手にしたナタで、木の枝や草をかりはらう。そのたびに、青くてつんとしたにおいが、ぼくの鼻に飛びこんできた。

セミや鳥の鳴き声のひびく山の中を、奥《おく》へと進めば進むほど、裸《はだか》で放り出されたような心細さがつのっていく。

うっすらと暗い林の間から、ひんやりとした空気が流れてきたかと思うと、日のあたったしげみから、動物の息のような、ムンと温かい空気が流れてくることもあった。

遠くの方で、バキ！　と、木が折れたような音が聞こえるたびに、みんなの間に、「怖《こわ》い！」と緊張《きんちょう》が走った。

「まさか、クマじゃないよね？」「イ、イノシシかな……」

山のそこかしこに、何か得体《えたい》のしれないものがひそんでいて、おそいかかる時を待っているような気がしてならないのだ。

山の奥へと進んだところで、沢石《さわいし》さんがぴたりと足を止めた。

「おや、おかしいぞ……」

沢石さんが、まゆをひそめ、不安げにあたりを見回した。

「どうしたの？」「なにごと？」

ぼくたちは、体をよせあった。

「今日は快晴《かいせい》のはずなのに……。うそだろ。いや、やっぱり霧《きり》だ！」

沢石《さわいし》さんが、うめくようにいうと同時に、まわりから、霧がうわっとおしよせてきた。

たちまち、ミルクのような白い霧に飲みこまれていく。

ぼくは、ごくりとつばを飲みこんだ。この霧を待っていた！

「うわあ、怖《こわ》いよ～」「助けて～」

みんなは、悲鳴をあげた。

「へたに動いたら、山の中で迷子《まいご》になってしまう。霧が晴れるまで、ここで待つしかない」

ぼくたちは、沢石さんの言葉にしたがい、地面に腰《こし》をおろした。

霧はどんどん濃《こ》くなっていく。となりにすわった人の顔もかすむほどだ。

何人かが、恐《おそ》ろしさのあまり、わっと泣き出した。

「みんな、手をつなぐんだ！」と、沢石さんがさけぶ。

けれども、ぼくは、だれとも手をつながなかった。両手をぎゅっと強くにぎりしめると、
沢石さんのいる方へむかって声をかけた。

「沢石《さわいし》さん、こんな霧《きり》の時は、隠《かく》れ里《ざと》が現《あらわ》れるって本当ですか？」

「え？　だれかな？　よく知っているね」

白い霧の中から、沢石さんのおどろく声だけが聞こえる。

「そう。この山には、隠れ里伝説があるんだ。昔、霧で道に迷《まよ》ったマタギがいてね。霧の切れ間に、ふしぎな隠れ里を見たそうだ。そこには、人のような、人でないようなものたちがいて、まるで、あの世とこの世の境《さかい》のようなところだったというよ」

ぼくは、そこまで聞くと、そっと立ちあがった。そして、霧の中を歩き始めた。

胸《むね》は、恐《おそ》ろしさにふるえていた。目の前は真っ白で、どこに道があるかもわからない。

もしかしたら、がけから転がり落ちるかもしれないのだ。

けれども、ぼくは、石にも、やぶの草にもひっかからなかった。まるで、足の下に、一本の道が開けていくような感じがしていた。

そう、ぼくの行くべき場所は、この霧のむこうにある。

ぼくが、霧のむこうへ行こうと思ったきっかけは、いとこの高橋沙奈《たかはしさな》の話だった。

二年前のおばあちゃんのお葬式《そうしき》で、親せきが集まった。その時、沙奈は、みんなに不思議な話をして回った。

沙奈《さな》は、かつて、東北六県の妖怪《ようかい》スポットをめぐる、「みちのく妖怪ツアー」に参加した。その時、本物の妖怪に会ったことがあるという。

「またまた～」「妖怪なんて、本当にいるわけないじゃん」

みんなは、全く信じようとしなかったが、ぼくだけは、沙奈の話に耳をかたむけた。

沙奈によれば、みちのく妖怪ツアーは、実に奇妙《きみょう》なツアーだったという。なぜか、妖怪スポットを回るたびに、ひとりずつ子どもが消えていったのだ。沙奈は、とちゅうで、そのおかしさに気づいた。

ツアーの最後の日、座敷《ざしき》わらしと雨降《あめふ》り小僧《こぞう》という妖怪たちが、ツアーに加わってきた。沙奈も、もう少しで妖怪にとりこまれそうになったが、雨降り小僧に助けられた。消えた子どもたちがどこにいったのかは、沙奈にもわからないという。

その時から、ぼくは、みちのく妖怪ツアーに強い興味《きょうみ》を持った。ツアーを案内していたのは、四角美佳（シカクミカ）という女と運転手の男だ。

いろいろ調べていくうちに、「みちのく古民家ステイ」というツアーのことも知った。

みちのくワールドというテーマパークに立つ、東北六県の古民家に、小学生たちがホームステイをするツアーだ。

最後の盆《ぼん》おどりの日に、六人の子どもの行方《ゆくえ》が分からなくなり、大騒《おおさわ》ぎになったらしい。

そこでも、女と男の、なぞのふたり組を見かけた人がいるという。

ぼくは、みちのく妖怪ツアーにまつわる謎《なぞ》について、考えつづけた。

そして、ついに気がついた。あやしい女、四角美佳。（シカクミカ）の文字を入れかえたら……「カミカクシ」、そう、「神隠《かみかく》し」だ！　だとしたら、妖怪にとりこまれた子どもたちが、連れていかれた場所とはいったいどこなんだ？

ちょうどそのころ、ぼくたち、小学六年生男子の間では、犬鳴《いぬなき》村や杉沢《すぎさわ》村といった都市伝説が、ブームになっていた。

昔、ある村で、人々を恐怖《きょうふ》のどん底におとしいれるような事件《じけん》が起こり、それ以来、その村は地図の上から消されてしまった。ところが、山の中にハイキングに行った人が、いないはずの村人におそわれたり、タイムスリップして村の世界に入りこんでしまったりといったことが、今でも起きているという。どうやら、犬鳴村や杉沢村は、時空のゆがみの中に存在《そんざい》していて、とつぜんこの世に現《あらわ》れるらしい。

あの世とこの世を行き来する話は、昔からよくあったことも知った。行方《ゆくえ》不明になった女の人が、数十年後にとつぜん帰って来たという、サムトの婆《ばば》。そして、霧《きり》で山奥《やまおく》に迷《まよ》いこんだ人の前に現れるという、ふしぎな隠《かく》れ里《ざと》！

もしかしたら、子どもたちは、あの世とこの世の境《さかい》にいるのではないだろうか。妖怪《ようかい》たちの手から、彼らを救い出したい！　そんな気持ちが、ぼくの中でふくらんでいった。

ぼくは、隠れ里に的をしぼり、霧の向こうへ行ってみようと心を決めたのだ。

「あ！」

とつぜん、目の前に、うっすらと霧の切れ間ができた。目をこらすと、山に囲《かこ》まれた集落のようなものが見える。そこで、かすかに動いているのは、人？　いや、人のような、人ではないような奇妙《きみょう》な姿《すがた》……。

ぼくは、ごくりとつばを飲みこんだ。

目の前にあるのは、あの世とこの世の境。隠れ里だ！

妖怪にとりこまれた子どもたちは、あそこにいるのかもしれない！

ぼくは、隠《かく》れ里《ざと》へ向かって足をふみ出した。ところが、見えない壁《かべ》におしもどされ、一歩も近づくことができない。この世の人間には、簡単《かんたん》にはいることができない場所なのか。

ぼくは、人差し指と中指をすっとのばすと、刀で霧《きり》を切りさくように動かしながら、おぼえてきた言葉をとなえた。

「ナムアブラウンケンソワカ、ナムアブラウンケンソワカ……」

マタギが山の中で妖怪《ようかい》に出会った時にとなえたといわれる呪文《じゅもん》。そして、かつて、陰《おん》陽《みょうじ》師が妖怪封《ふう》じに使ったとされる呪文だ。

とつぜん、霧の中から、するどい声がした。

「その言葉をとなえるのは、おやめ！」

霧の中から現《あらわ》れたのは、黒いスーツの女だった。裕《ゆたか》をワークショップに誘《さそ》いだそうとやってきた、あの女だ。そのうしろには、サングラスとマスクで顔をおおった男が立っている。

やっぱり、現れたか！　恐《おそ》ろしさのあまり、口から心臓《しんぞう》が飛び出そうになった。

けれども、女をまっすぐに指さすと、全身の力をこめてさけんだ。

「シカクミカ！　またの名を、カミカクシ！　今すぐ、みんなを返せ！」

「なんだと？　おまえはなぜ、わたしの正体を知っている？」

カミカクシが、ひゅっとまゆをつりあげたかと思うと、けわしい目つきでぼくをにらんだ。ぼくも、必死でにらみ返す。

「あんたは、高橋沙奈《たかはしさな》を、覚えているよね。ぼくは、沙奈のいとこだ！」

「高橋沙奈……？　ああ、確《たし》かに、そんな子がいたわね」

カミカクシは、うでぐみをしながらつぶやくと、ぼくをきっと見すえた。

「それにしても、おまえは、なぜここへきた？」

「ぼくは、沙奈から、みちのく妖怪《ようかい》ツアーの話を聞いた。妖怪にとりこまれた子どもたちを、とり返しにきたんだ！」

「ほう！」

カミカクシは、一瞬《いっしゅん》目を大きくすると、腹《はら》をおるようにして笑った。

「アハハハハ！　さすが、高橋沙奈のいとこだね。あの子も、正義感《せいぎかん》の強い子だったよ。おまえの苗字《みょうじ》を見た時から、いやな予感がしていたんだ。それにしても、ここまで、あたしたちにせまってくる子どもがいるとは思わなかった」

カミカクシは、ぼくに向かって、いまいましそうに顔をゆがめた。

「でも、妖怪結社《ようかいけっしゃ》のおえらいさんの許《ゆる》しもなく、子どもたちを簡単《かんたん》に返すわけにはいかないねえ」

たちまち、濃《こ》い霧《きり》が目の前にたちこめ、隠《かく》れ里《ざと》をおおっていく。

このまま、見失ったら、みんなをとりもどすことはできない！

ぼくは大きく息をすうと、ふたたび、呪文《じゅもん》をとなえた。

「ナムアブラウンケンソワカ！　ナムアブラウンケンソワカ！　ヨウカイフウメッ！　タマヲカエシタマエ！　ナムアブラウンケンソワカ、ナムアブラウンケンソワカ……」

ぼくは、髪《かみ》の毛が針《はり》のように逆立《さかだ》ち、体からは金色の光が発しているのを感じていた。

呪文の力なのか、どこか遠い世界から、大きな力がぼくめがけて集まってくるのだ。

カミカクシが、顔を苦しそうにゆがめたかと思うと、「おやめ！」とさけんだ。

ぼくは、やめなかった。ぼくの中にわきあがってくる大きな力が、やめることをゆるさない。

「ナムアブラウンケンソワカ！　ナムアブラウンケンソワカ！　ヨウカイフウメツ！　タマヲカエシタマエ！　ナムアブラウンケンソワカ！」

ついに、カミカクシが、がくりとよろめいた。

「わかったわ。返す！　返すから。だから、やめて！」

後ろにいた男が、あわててカミカクシをだきかかえた。

ぼくは、呪文《じゅもん》をとなえるのをやめた。

カミカクシは、ひたいにかかった髪《かみ》の毛を、手でパッとはらうと、後ろの男にむかって確《たし》かめるようにいった。

「あたしたちは、子どもたちの魂《たましい》から、妖力《ようりょく》を十分に得《え》ることができた。それに、妖怪《ようかい》が、東北の大地に、今も生きつづけていることを示《しめ》すことができた。そうよね？」

男がだまってうなずくと、カミカクシは、両手を横にすっと広げた。すると、あたりにたちこめていた霧《きり》が、カミカクシのまわりで渦《うず》をまきはじめた。

カミカクシは、ぼくをふり返りながら、はきすてるようにいった。

「また、妖怪結社《けっしゃ》のおえらいさんたちに、しかられてしまうわ」

たちまち、ふたりの姿《すがた》は、渦《うず》の奥《おく》へとすいこまれていく。

「待て！　にげるな！」

ぼくは、ふたりを追いかけて、渦の中に飛びこんだ。

次の瞬間《しゅんかん》、ひゅっと息をのんだ。

渦の奥から、「ウオオ～」とおたけびをあげ、妖怪《ようかい》たちがぼくめがけて押《お》し寄《よ》せてくるではないか。鬼《おに》のような、河童《かっぱ》のような、ヘビのような、この世のものではない者たちが！

妖怪たちが、ぼくをとらえようと、いっせいに手をのばしておそいかかってくる。

ぼくは、きびすを返すと、出口を目指して走り出した。

もうすぐ出口だ！　ほっとしたその時、けむくじゃらの赤い手に、右足首をがしっとつかまれた。このままひきずりこまれてしまったら……！

「うわあ～！」

死に物狂《ぐる》いで妖怪の手をけり飛ばしたが、クマのようなするどいツメが、ずぶずぶと皮《ひ》膚《ふ》に食いこんでくる！

ぼくは、ありったけの力をふりしぼってさけんだ。

「ナムアブラウンケンソワカ！　ナムアブラウンケンソワカ！　ヨウカイフウメッ！」

「ギャ！」と、耳をつんざくような声がしたかと思うと、ぼくの右足首をつかんでいた手がぱっと消えた。

とたんに、ぼくは、渦《うず》の外にごろりと転がり出た。気づいた時には、渦はふっつりと消え、あたりはふたたび、白く濃《こ》い霧《きり》におおわれた。

ぼくは、その場にしりもちをついたまま、ぼうぜんと目をみはった。

霧の中から、ひとり、またひとりと、子どもたちの姿《すがた》が現《あらわ》れたからだ。

みんな、死人のように青白い顔をして、うつろな目をしている。

霧の中から、あやしい唄《うた》がひびいてきた。

ちぎりたり　ちぎりたり
いつか　おぬしのたまをとり
われらのものと　することを

あかきしるしを　わすれるな
ゆめゆめ　ゆめゆめ　わすれるな……

ぼくはそのまま、気を失っていた。

＊

目が覚めた時、ぼくは、ベッドにねていた。パパとママ、そして、裕《ゆたか》が心配そうにぼくをのぞきこんでいる。

「連絡《れんらく》が来て、本当にびっくりしたのよ。軽いけがですんで、本当によかったわ」

ママの話では、霧《きり》が晴れた時、ガイドの沢石《さわいし》さんが、茂《しげ》みの中に倒《たお》れていたぼくを見つけ、町役場の救護室《きゅうごしつ》に運んでくれたらしい。

「軽いけがって、ぼく、どこかけがをしたの？」

「足首よ。いったい、何にぶつかったらこんな風になるのかしらね」

ママがタオルケットをめくると同時に、全身から血の気がすうっとひいた。

右足首には、奇妙《きみょう》な形の赤いあざがついている。まるで、大きな手でつかまれたような形だ……。毛むくじゃらの赤い手、妖怪《ようかい》の手のあとだ……。

恐怖《きょうふ》で動けなくなったぼくを、やさしくいたわるように、裕《ゆたか》がいった。

「ぼく、ちゃんと約束守ったよ。兄ちゃんのキャラメルをもらってきた。ほら、食べて元気出して」

裕はそういうと、ぼくの口に、キャラメルをいれてくれた。

キャラメルの甘《あま》さと、イチゴとバナナの香りが、体にしみわたっていく。

裕が無事でよかった。パパとママに会えてよかった。本当によかった……。

思わず、目から涙《なみだ》がポロリとこぼれた。


数日後、ぼくは東京の自宅《じたく》で、かつて行方《ゆくえ》不明になった子どもたちが、山の中で発見されたというニュースを知った。子どもたちは、自分がどこで何をしていたのかも、まったく覚えていないという。

妖怪にとりこまれた子どもたちを、全員助け出すことができたのか……。それは、ぼくにもわからない。

確《たし》かなものは、今も消えずに残っている、足首のあざだ。
赤いあざを見るたびに、頭の中にあの唄《うた》がよみがえり、背筋《せすじ》がぞくりとするのだった。

ちぎりたり　ちぎりたり
いつか　おぬしのたまをとり
われらのものと　することを
あかきしるしを　わすれるな
ゆめゆめ　ゆめゆめ　わすれるな……

（堀米薫・文）

堀米《ほりごめ》 薫《かおる》

福島県生まれ。宮城県在住。『チョコレートと青い空』(そうえん社）で日本児童文芸家協会新人賞、『あきらめないことにしたの』（新日本出版社）で児童ペン大賞受賞。作品に「みちのく妖怪ツアー」シリーズ（共著)「あぐり☆サイエンスクラブ」シリーズ、『林業少年』（ともに新日本出版社)、『ゆうなとスティービー』（ポプラ社）等。日本児童文芸家協会会員。

佐々木《ささき》ひとみ

茨城県生まれ。宮城県在住。『ぼくとあいつのラストラン』（ポプラ社）で椋鳩十児童文学賞受賞（映画「ゆずの葉ゆれて」原作)。作品に『エイ・エイ・オー！　ぼくが足軽だった夏』「みちのく妖怪ツアー」シリーズ（共著)（ともに新日本出版社)、『兄ちゃんは戦国武将！』（くもん出版)、『ストーリーで楽しむ伝記　伊達政宗』（岩崎書店）等。日本児童文学者協会・日本児童文芸家協会会員。

野《の》 泉《いずみ》 マヤ

茨城県生まれ。宮城県在住。『きもだめし☆攻略作戦』(岩崎書店）で福島正実記念SF童話賞大賞受賞。作品に「みちのく妖怪ツアー」シリーズ（共著・新日本出版社)、『ぼくの町の妖怪』（国土社)、『へんしん！　へなちょこヒーロー』（文研出版)、「満員御霊！　ゆうれい塾」シリーズ（ポプラ社）等。日本児童文芸家協会会員。

東京《とうきょう》 モノノケ

静岡県生まれ。ご当地歴史キャラや企業マスコットのデザイン等さまざまな分野で活動。単行本の仕事に「みちのく妖怪ツアー」シリーズ（新日本出版社)、「もののけ屋」シリーズ（静山社）等。

みちのく妖怪《ようかい》ツアー　ワークショップ編《へん》

2020年7月20日　初　版　　NDC913 158P 20cm
2024年8月5日　第2刷

作　者　佐々木ひとみ・野泉マヤ・堀米薫
画　家　東京モノノケ
発行者　田所　稔
発行所　株式会社新日本出版社
〒151-0051　東京都渋谷区千駄ヶ谷4-25-6
営業03(3423)8402
編集03(3423)9323
info@shinnihon-net.co.jp
www.shinnihon-net.co.jp
振替　00130-0-13681
印　刷　光陽メディア　　製　本　小泉製本

落丁・乱丁がありましたらおとりかえいたします。

ISBN978-4-406-06486-6　C8093　Printed in Japan

灰坊主《あくぼうず》

沼御前《ぬまごぜん》

化け古《ふる》下駄《げた》

カマス背負《しょ》い

天狗《てんぐ》

カミカクシ

朱《しゅ》の盤《ばん》

サムトの婆《ばば》

きつね松明《たいまつ》